AMOUREUSES

ISBN : 978-2-8132-3354-7

www.editions-tredaniel.com
info@guytredaniel.fr
www.facebook.com/tredaniel.reflexion
@tredaniel_reflexion

AURÉLIE GODEFROY

AMOUREUSES

Guy Trédaniel éditeur
19, rue Saint-Séverin
75005 Paris

À ma grand-mère, qui, pour la première fois,
ne recevra pas ce livre…

À Philo, ma fille adorée

Et à Gilles, pour tous nos partages
si riches et uniques.

SOMMAIRE

Introduction 13

PARTIE I
SENS, HISTOIRE ET (EN)JEUX DE L'AMOUR FÉMININ

La femme amoureuse :
une femme comme les autres ? 19

Mais d'où vient l'amour ?
L'émergence du sentiment amoureux 24

Un peu d'histoire... 29

L'Antiquité, « Cupidon s'est fait la malle » 31

La femme, racine de tous les maux... 35

L'arrivée du féminisme... 38

Du côté des religions 39

Une virginité non négociable
(enfin... surtout pour les femmes !) 42

PARTIE II
QUAND LES FEMMES S'EMPARENT (ENFIN !) DE LA LITTÉRATURE POUR PARLER D'AMOUR

Au Moyen Âge.......................... 55
À la Renaissance.......................... 62
Et sous le Grand Siècle.......................... 66
Le Siècle des lumières, siècle épistolaire 70
Au XIXe siècle.......................... 75
Au XXe siècle 82

PARTIE III
L'AMOUR DURE-T-IL VRAIMENT TROIS ANS ?

Le désir chez la femme 97
Une question d'envie 102
Le plaisir de la femme aujourd'hui 108
Le mystère de la jouissance de la femme...... 118
Du côté du porno... 120
L'âgisme.......................... 123
Et si on remplaçait « Tu ne fais pas ton âge » par « Tu es belle » ?.................. 128
Cette enfance qui conditionne la femme amoureuse... 135
Devenue adulte, comment se défaire des relations toxiques ? 139

SOMMAIRE

PARTIE IV
ALORS, AIMONS !

Le préambule à la rencontre... S'aimer soi-même........................ 151

Et quand l'amour consume... 156

Ces hommes à éviter... 162

Les maux par les mots...................... 167

Mais pas si facile de rompre... 170

Le fléau de la dépendance affective......... 172

Êtes-vous dépendante affective ? 176

Quid de l'époque post-#MeToo ? 181

Le syndrome du prince charmant... ou la quête d'un idéal impossible 183

L'amour sous algorithme : des réseaux sociaux aux sites de rencontres...................... 186

Les « joies » des nouvelles incivilités de notre époque........................... 193

Les nouvelles modalités de l'amour......... 199

Après l'amour... 209

PARTIE V
LE COUPLE SACRÉ

Quid de la sexualité sacrée ?................ 226

Les flammes jumelles : un cheminement initiatique 229

Les relations karmiques..................... 231

Mais quelle différence avec les âmes sœurs ? ... 233

Et l'alchimie sexuelle ? 237
Le tantra 240
Les secrets des couples qui durent.................... 248
« L'éternel féminin nous attire vers le haut », Goethe 252

Conclusion 261
Bibliographie 265
Remerciements 269

INTRODUCTION

> « L'amour est une fleur délicate,
> mais c'est la seule fleur
> qui ne fane jamais.
>
> Victor Hugo

Pourquoi écrire sur ce sujet aussi souvent traité ? C'est que l'amour a toujours été un point d'interrogation pour moi. Question intime et universelle, je crois (je suis même certaine) que j'appartiens à une génération de « bascule », où les repères et les codes changent. Nous assistons à un véritable bouleversement de notre société où les sentiments, les désirs, les attentes et les contradictions des femmes sont plus que jamais présents. Nous avons tout voulu, obtenu beaucoup, mais nous continuons à nous interroger sur des questions essentielles.

La quête de l'amour est bien souvent, selon la société, la clé de notre bonheur. Du moins, on nous a souvent poussées à croire en tant que femmes que notre valeur, notre place dans la société, serait définie par notre capacité à le trouver. Mais si l'amour est une énergie puissante, il peut mener aussi à la chute, au chavirage. Et si l'amour reste un élan énigmatique, la question est peut-être de savoir comment aimer harmonieusement, même si cela n'évite pas toute souffrance. Denis Faïck propose dans son ouvrage, *L'Amour, cette étrange liberté*[1], une définition qui me semble juste : « Aimer est la joie de sentir dans l'instant », nous dit-il.

Il est très vite tentant de conclure à l'universalité et à l'essentialisation de ce sentiment. Pourtant, si vous posez la question autour de vous, vous verrez que vous n'aurez pas la même définition, ni la même expérimentation de ce sentiment d'une personne à l'autre. Un des (tristes) exemples parmi les plus probants reste celui où les journalistes posent la question à la princesse Diana si elle est amoureuse et qu'elle répond : « Oui, bien sûr. » Le prince Charles ajoutera : « Quoi qu'amour signifie[2]… » La suite apportera un éclairage sur les hésitations sémantiques du prince à l'époque.

Je dois bien avouer que l'amour romantique me fascine par ses mécanismes, ses fêlures et la manière dont il est créé et ce qu'il façonne : il s'agit d'un terreau d'inspiration artistique tellement fécond !

L'amour, résultat de la flèche décochée par Cupidon ou pas, est dans tous les cas le thème qui a le plus

---

1. **Denis Faïck**, *L'Amour, cette étrange liberté*, Privat.
2. **Christine Détrez**, *Crush. Fragments du nouveau discours amoureux*, Flammarion.

inspiré les artistes au fil des siècles. Simplement, ce terme tel que l'entendait La Rochefoucauld au XVIIe siècle n'a sûrement pas le même sens que celui que lui donne une adolescente aujourd'hui.

PARTIE I

SENS, HISTOIRE ET (EN) JEUX DE L'AMOUR FÉMININ

LA FEMME AMOUREUSE : UNE FEMME COMME LES AUTRES ?

> « Le même mot amour signifie des choses différentes pour l'homme et pour la femme.
>
> NIETZSCHE, *LE GAI SAVOIR*

Selon la psychologue Malvine Zalcberg, l'amour serait une question beaucoup plus féminine que masculine. Nul doute que l'importance de l'amour pour une femme est essentielle dans la propre constitution de sa subjectivité, mais aussi dans ses relations avec les hommes.

Cela rejoint la pensée de Simone de Beauvoir, qui, dans *Le Deuxième Sexe*, déplore que l'amour soit « la religion des femmes » dans laquelle elles se consument et donnent une énergie qui serait tellement mieux employée dans un autre domaine de leur vie (je ne peux m'empêcher de songer à l'ironie de l'histoire, sachant qu'elle-même fut la première à se consumer pour ses amants comme l'Américain Nelson Algrene...).

C'est une des questions que pose Laure Adler dans son ouvrage *Les femmes amoureuses font peur*. Mais pour quelle(s) raison(s) cette crainte ?

Relisons Françoise Héritier dans *Masculin/Féminin II*, qui pose un constat intéressant : dans la plupart des sociétés, les femmes ne seraient pas considérées comme des sujets à part entière mais comme des objets. Lors de conditions particulières, elles se transforment en « femmes-hommes » comme en temps de guerre où les femmes sont autorisées à livrer bataille. Et ce, depuis la nuit des temps, ici la société admet, selon l'anthropologue, « la présence possible d'une âme virile dans un corps de femme, ce qui en fait un être d'exception ».

Souvent, la femme endosse le rôle de la muse intellectuelle, et pas pour le meilleur, comme le signale Kant : « L'étude laborieuse ou la cogitation morose, encore qu'une femme puisse y exceller, anéantissent les avantages qui sont propres à son sexe, et peuvent faire l'objet d'une froide admiration en raison de leur rareté ; mais elles affaiblissent par là même les charmes par lesquels elles exercent une grande force sur l'autre sexe. »

User de son esprit revient à perdre son corps, comme le rappelle Geneviève Fraisse[3]. À elles de décider ce qu'elles montrent, ce qu'elles cachent... Mais

3. Geneviève Fraisse, *La Différence des sexes*, PUF.

heureusement aujourd'hui, elles ne doivent plus (forcément) choisir entre beauté et intelligence. N'en déplaisent à Schopenhauer, Nietzsche, notre cher Kant ou Rousseau qui nous rappelaient que les femmes ne pouvaient avoir que le désir « d'être savantes du savoir des hommes » (*sic*).

Saviez-vous que le mot « romantique » vient de « roman » ? Il s'agit en effet de récits écrits au Moyen Âge, qui prennent une tournure tellement « alambiquée » que les adjectifs anglais et allemand (*romantic*, *romantisch*) renvoient à la notion de « faux », « chimérique ». Le terme devient enfin positif en Allemagne à la fin du XVIIIe siècle, en désignant le processus de « poétisation » du monde. Quant au mot « amoureux », il n'a décrit pendant longtemps qu'une personne bienveillante ou bien ce que l'on pouvait ressentir dans une relation amicale. C'est seulement au XVIIIe siècle que son acception devient plus large. Une réserve à laquelle le mouvement Sturm und Drang, en allemand « tempête et passion », mettra un terme à la fin du XVIIIe siècle en célébrant la force du sentiment amoureux et en encourageant à sortir des règles et des traditions sclérosées de la société.

Dans son ouvrage *Crush*, Christine Détrez donne plusieurs définitions de l'amour, dont le « crush » fait partie : « C'est à la fois l'attirance pour quelqu'un qu'on trouve beau ou belle, souvent d'ailleurs quand on est une lycéenne, quelqu'un de plus âgé, à qui on ne parlera jamais et dont on n'espère rien. Le crush c'est l'amour imaginaire, l'amour dans la tête – et peut-être le mot "amour" déjà est trop fort. Mais c'est aussi ce qui peut faire finalement d'un ou d'une meilleure amie, soudain, "plus" qu'un ou une meilleure amie. » Mais comme le pointe Pauline Machado dans son livre *Foules sentimentales, comment la ville impacte l'amour*[4], les femmes sont particulièrement lésées dans les grandes villes. Prenons l'exemple de Paris : il y aurait cent treize femmes pour cent hommes. « Un déséquilibre qui s'accroît avec l'âge, selon l'autrice. Elles sont confrontées à des dynamiques sexistes plus ou moins intériorisées qui aiguillent leur vie privée, et émanent directement de notre société patriarcale. »

J'aime beaucoup cette citation de Rainer Maria Rilke qui rapproche l'amour du processus créatif :

« Au vrai, la vie créatrice est si proche de la vie sexuelle, de ses souffrances, de ses voluptés, qu'il n'y faut voir que deux formes d'un seul et même besoin, d'une seule et même jouissance[5]. » En effet, l'amour a un double mouvement : il nous transporte vers l'autre mais aussi vers nous-même. À nous de lui donner du sens et cette liberté nous oblige, d'une certaine manière, à choisir.

« I don't wanna be your friend, I wanna kiss your lips. » Girl in Red

J'ai été sidérée, en la revoyant récemment, de réaliser combien la série star des années 1990, *Sex and the City*, la première à parler aussi franchement des

4. **Pauline Machado**, *Foules sentimentales, comment la ville impacte l'amour*, Les Pérégrines.
5. **Denis Faïck**, *L'Amour, cette étrange liberté*, *op. cit.*

femmes et de leurs désirs, n'avait pas pris une ride. Les problématiques et questionnements vis-à-vis du couple et des hommes restent les mêmes. J'ai une profonde affection pour les personnages créés par Candace Bushnell, qui est pour moi une « précurseuse ». Je fais partie de cette génération qui serait la première à qui l'on a dit que c'est complètement acceptable d'être célibataire à 30 ans (pourvu de trouver rapidement un homme). La seule qui est « célibataire dans l'âme » (il y en a peu !), c'est Samantha, une femme libérée (mais qui a trop peur de s'engager par peur de souffrir !).

On assiste aujourd'hui à une revalorisation du célibat, fruit des longues batailles menées entre autres par les féministes depuis le XVIIIe siècle. À tel point que l'on parle aujourd'hui de « sologamie » (*single positivity movement*) et l'on voit certaines figures du cinéma comme Emma Watson déclarer être *self partnered*, donc en couple avec elle-même mais absolument pas *single*. Preuve d'émancipation, de liberté, voire de glamour et d'inspiration.

MAIS D'OÙ VIENT L'AMOUR ? L'ÉMERGENCE DU SENTIMENT AMOUREUX

L'expression du sentiment amoureux chez les femmes aurait longtemps été liée à une forme de misogynie insidieuse. Les artistes (qui étaient majoritairement de sexe masculin) ne souhaitaient absolument pas qu'on leur « attribue des qualités dites féminines, comme la sensiblerie ou la mièvrerie. Donc écrire sur un amour impossible, tourmenté et dévastateur, c'est aussi une façon de convoquer des grands sentiments, des gros tourments bien virils, et surtout pas de parler d'un amour heureux qui serait en quelque sorte des niaiseries de bonnes femmes », explique l'historienne de l'art Julie de Beauzac[6].

À part le best-seller de l'époque de Goethe *Les Souffrances du jeune Werther*, où le héros met fin à ses jours à cause d'un amour impossible, avez-vous remarqué que ce sont surtout les femmes qui connaissent des fins tragiques (suicidées, exilées ou

6. **Aline Laurent-Mayard**, *Post-romantique*, J-C Lattès.

tuées par leur amant). Présentées comme de pauvres créatures faibles, fragiles et passives, le suicide est en effet bien souvent imaginé par les auteurs comme le seul acte qu'elles peuvent accomplir… (Puisqu'en leur répétant que leur bonheur dépend de l'amour qu'un homme peut leur donner, elles sont donc privées de leur capacité à agir.) Il suffit de penser à *Madame Bovary* de Gustave Flaubert ou au personnage d'Ariane dans *Belle du seigneur* d'Albert Cohen. Tour à tour objet d'amour, de fascination et de crainte, cette quête de l'éternel féminin jalonne l'histoire de l'art et de la littérature masculine.

Nous le verrons, la parole sur l'amour a longtemps été confisquée par les hommes, mais que nous disent les femmes comme Émilie du Châtelet ou Colette ? Leurs écrits ont longtemps été considérés comme dangereux, puisque leur sujet, leur objet, leur essence même étaient de « dire » ou de faire durer l'amour. Et la femme, qui écrit par définition, n'est pas celle qui attend mais celle qui s'inscrit dans l'action, provoque la passion, l'émotion, le désir.

Rainer Maria Rilke (encore lui) nous dit : « La jeune fille et la femme, dans l'épanouissement actuel qui est le leur, n'imiteront qu'un temps les bonnes et les mauvaises manières des hommes et n'adopteront qu'un temps leurs métiers. » Est-il dans le vrai ?

Longtemps prisonnières de conventions rigides, les femmes se redécouvrent et accueillent une vie intérieure plus que jamais féconde. Nous avons en nous cette puissance intérieure et toutes les ressources pour la nourrir. Rainer Maria Rilke poursuit : « Un jour […] seront là la jeune fille et la femme dont le nom ne marquera plus seulement l'opposition au masculin, et aura une signification propre, qui n'évoquera ni complément, ni frontière, simplement vie et existence : l'être humain dans sa féminité. » Si on pense que l'amour est universel, et que les hommes comme les femmes ont la même manière de l'envisager, force est de constater que le chemin est (un peu) plus long pour les femmes, et que les stéréotypes ont la vie dure... Hors de question de faire un procès aux hommes, mais il s'agit plutôt de rétablir l'harmonie entre les deux sexes, les polarités entre le yin et le yang.

On le sait, on revient de loin : les normes sociales et les rôles assignés aux femmes ont varié d'une époque à l'autre, on retrouve dès l'Antiquité des femmes souvent considérées comme des biens appartenant à leurs pères ou à leurs maris. Oublions là l'amour romantique, la raison et les intérêts économiques tiennent la corde ! Mères, épouses... Leur devoir était avant tout d'ordre social.

Il s'agirait donc d'aller chercher du côté de nos blessures psychologiques, pour nous réparer. Nous chercherions, inconsciemment bien sûr, LA personne pour compenser les troubles enfouis vécus dans notre enfance. Certains disent que nous irions donc même vers les possibles partenaires qui portent en eux les traits de nos parents... Ce n'est pas si sûr (en tout cas, je l'espère).

Au cœur du problème, on trouve donc les blessures émotionnelles, et c'est en rencontrant la grande psychothérapeute canadienne Lise Bourbeau que j'ai compris leur rôle dans notre existence en général, mais aussi et surtout dans notre vie amoureuse. C'est ce qu'elle décrit notamment dans l'un de ses plus grands best-sellers, *Les Cinq Blessures qui empêchent d'être soi-même*[7]. Il faut savoir que nous naissons avec cinq blessures intérieures : blessures de rejet, d'injustice, d'abandon, d'humiliation, de trahison. Les deux premières sont en lien avec le parent du même sexe ; la manière dont une mère va traiter sa fille, par exemple, va faire que celle-ci se sentira rejetée ou pas. En revanche, les blessures d'abandon et de trahison viennent du rapport au sexe opposé. « On a tous ces blessures-là mais à des degrés et sous des formes différents », explique-t-elle. Pour la thérapeute, la guérison passe notamment par la réconciliation avec soi et l'autre, en se pardonnant tout d'abord à soi-même.

7. **Lise Bourbeau**, *Les Cinq Blessures qui empêchent d'être soi-même*, Pocket, 2013.

CRAZY, STUPID, LOVE

Les scientifiques montrent à travers plusieurs études que l'amour rend bête. Eh oui, pour Mère Nature, l'amour ne serait qu'un subterfuge pour perpétuer l'espèce. Ce ne serait donc qu'une question d'hormones : quand on rencontre quelqu'un qui nous plaît/peut nous convenir (gentil, joli, drôle et même… libre !!!), sous l'effet du bouillonnement de nos hormones, le fonctionnement de notre cerveau se modifie à tel point qu'elles font perdre sa capacité d'analyse et de discernement à notre cortex préfrontal ! C'est là qu'on retrouve les fameuses lunettes roses (qui ne sont pas qu'une légende) : les expériences d'imagerie médicale montrent que les zones associées à la méfiance sont mal ou différemment irriguées et se mettent en veilleuse. En revanche, vous vous souvenez de vous, les yeux qui pétillent, l'air bêta qui nous envahit, à l'énoncé du nom de votre bien-aimé, c'est normal : notre propension à l'embellir, lui et son monde, se décuple, comme un shoot. Mais… jamais bien longtemps. Et c'est là que tout se joue : si à cette flambée extatique ne succède pas un simple mais véritable attachement, on voit l'autre tel qu'il est… et pas toujours pour le mieux.

UN PEU D'HISTOIRE...

> « Croyez-vous [...] que tout ce que les historiens nous disent sur les hommes – ou sur les femmes – est effectivement vrai ? Vous devriez prendre en compte le fait que ces histoires ont été écrites par des hommes, lesquels ne disent jamais la vérité que par accident[8].

« Libérée, délivrée... »

Commençons par un petit retour en arrière, à l'heure où les studios Disney ont soufflé leurs cent bougies... Revenons sur la fameuse figure imposée de la princesse :

Blanche-Neige (1937) nous raconte comment une jeune fille se transforme et se réveille de l'empoisonnement de sa méchante belle-mère « grâce » au baiser

8. **Moderata Fonte**, *Le Mérite des femmes*, Rue d'Ulm.

(non consenti par ailleurs) d'un prince. Notons qu'elle se sera bien formée aux différentes tâches ménagères (grâce à sept personnes de petite taille…) tout comme son homologue Cendrillon, incarnation parfaite de la femme des fifties : savoir cuisiner, balayer et nettoyer tout en descendant élégamment un escalier sans perdre un seul de ses escarpins à talons.

Mulan (1998, tiré d'une histoire vraie), quant à elle, est une jeune Chinoise qui se serait déguisée en homme pour épargner à son père d'aller à la guerre. Obligation de sacrifice et/ou bravoure ? Enfin, les choses changent un peu avec Elsa dans *La Reine des neiges* (2020) qui n'a pas besoin d'être avec un garçon pour être heureuse et puissante ! Et enfin *Wish : Asha et la Bonne Étoile* (2023) montre une personne déterminée qui, en s'alliant à la magie des étoiles, peut produire des miracles. À noter par ailleurs : l'héroïne porte pour la première fois des dreadlocks !

Certains des contes de fées (imaginés par les auteurs masculins) constituent clairement des points d'ancrage d'attentes sentimentales (forcément) insatisfaites. Et nous devons bien avouer que nos propres films prennent racine dans ce que l'on nous raconte, dans des *rom-coms* par exemple, souvent imaginées par des jeunes femmes productrices. L'amour, simple mirage ?

La problématique de l'amour pour les femmes a connu une évolution significative tout au long de l'histoire. Les attitudes, les normes sociales et les rôles assignés aux femmes ont varié d'une époque à l'autre, ce qui a influencé leur expérience et leur perception de l'amour. Cela passait bien sûr par les religions, comme nous allons le voir.

L'ANTIQUITÉ, « CUPIDON S'EST FAIT LA MALLE »

Les mythes antiques comportent de nombreux récits et représentations de femmes amoureuses, mettant en lumière des thèmes, des archétypes et des enseignements sur l'amour et ses conséquences.

Ils offrent un aperçu de la complexité de l'amour et des expériences des femmes amoureuses dans les récits mythologiques. On y trouve une gamme conséquente de thèmes, y compris l'amour passionnel, l'obsession, les conséquences tragiques et la transformation. Ils continuent à inspirer et à influencer notre compréhension de l'amour dans la culture et la littérature contemporaines. Voici quelques-uns des mythes antiques les plus connus sur les femmes amoureuses.

Dans la mythologie grecque, Médée est une figure complexe et passionnée. Elle est connue pour son amour intense envers Jason, héros des Argonautes, et pour les actes qu'elle commet par amour, dont celui, terrible, de l'assassinat de ses propres enfants.

Cette histoire explore les extrêmes de l'amour passionnel et les conséquences tragiques qui peuvent en découler.

Le mythe de Daphné et Apollon raconte, lui, l'histoire de Daphné, une nymphe poursuivie par le dieu Apollon. Pour échapper à ses avances, Daphné implore les dieux de la transformer en laurier. Ce récit nous montre le pouvoir de l'amour non réciproque, les conséquences de l'obsession amoureuse et la transformation des individus par amour.

Évoquons maintenant l'enlèvement d'Hélène, princesse grecque, par Pâris, prince troyen, qui est à l'origine de la guerre de Troie dans la mythologie grecque. Ce mythe explore l'idée de l'amour passionnel qui peut conduire à de longs conflits et à des conséquences désastreuses. Il soulève également des questions sur la responsabilité individuelle et la loyauté envers sa patrie.

Le mythe de Pygmalion et Galatée figure aussi parmi les plus grandes histoires d'amour : Pygmalion, sculpteur grec, tombe amoureux de sa propre statue, Galatée. Cette adoration sincère et profonde conduit à la transformation miraculeuse de la statue en une femme réelle. Ce mythe aborde les thèmes de l'idéalisation de l'amour, du pouvoir de la création artistique et de la magie de l'amour qui peut donner vie à des sentiments et des relations.

Et enfin qui ne connaît pas le mythe d'Orphée et Eurydice ? Orphée, célèbre musicien et poète, tombe amoureux d'Eurydice et tente de la ramener des Enfers après sa mort. Ce mythe explore le pouvoir de l'amour, la volonté de surmonter les obstacles et les défis pour être réuni avec l'être aimé. Il soulève également la question de la confiance et de la patience dans les relations amoureuses.

Au Ier siècle, Ovide imagine des lettres d'amour rédigées par les grandes figures de la mythologie gréco-latine (Ariane, Didon, Médée), où le tragique se mêle à la passion comme cette lettre d'Hélène à Pâris : « Ta lettre, riche en promesses, contient l'offre de si magnifiques présents qu'ils pourraient ébranler même des déesses ; mais, si je voulais franchir enfin les limites de la pudeur, tu ne pourrais, pour me rendre coupable, m'offrir de plus sûr attrait que toi-même. Ou je conserverai éternellement sans tache ma réputation ou je te préférerai à tes dons. Si je ne les méprise pas, c'est que des présents, dont tout le prix vient de celui qui les fait, sont toujours bien reçus. Ce qui me touche bien davantage, c'est que tu m'aimes, c'est que je suis la cause de tes peines, c'est que ton espérance a traversé de si vastes mers. Les marques que tu donnes maintenant de ton amour audacieux, quand la table est dressée, ne m'échappent point, bien que je m'étudie à dissimuler. Tantôt tu me lances de passionnés et lascifs regards, dont les miens supportent à peine les importunités ; tantôt tu soupires ; tantôt tu prends la coupe qui est près de moi, et tu bois à l'endroit même où j'ai bu. Ah ! combien de fois ai-je remarqué les signes que me faisaient tes doigts, combien de fois ceux de ton sourcil qui avait, pour ainsi dire, son langage ! Souvent aussi j'ai craint que mon époux ne les vît, et j'ai rougi de ces intelligences trop peu cachées[9]. »

9. Ovide, *Héroïdes*, 17.

Dans les *Héroïdes* toujours, on trouve cette citation de Phèdre, tombée follement amoureuse de son beau-fils, Hippolyte, qui en dit long sur la lettre élégiaque ou l'art d'aimer : « Ce que je n'osais pas dire, l'amour m'a ordonné de l'écrire. Car les ordres qu'Amour donne, il n'est guère prudent de les éloigner. »

Dans *L'Art d'aimer*, toujours d'Ovide, un petit manuel de séduction, figure ce conseil à une de ses lectrices : « Déclame avec art l'une des lettres de notre maître : il a créé ce genre qui était inconnu avant lui. » Le maître le désigne bien sûr lui, mais il est intéressant de noter que le poète offre une voix à des femmes qui reprennent leur vie en main après avoir été délaissées ou abusées. Cette intimité qu'il nous donne à lire est exceptionnelle tant il était inconvenant pour toute citoyenne romaine respectable de s'ouvrir sur ses désirs et ses sentiments (seul le cadre conjugal donnait lieu au plaisir, mais cela restait très sage. On faisait l'amour dans une pièce sans lumière : garder une bougie allumée était signe d'intempérance !).

Mais plus généralement, les mythes évoquant les femmes ne seraient-ils pas des histoires d'hommes ? Racontées là encore par les hommes POUR les hommes ?

On retrouve d'ailleurs dans l'histoire de l'art ces deux extrêmes dans la représentation des femmes : de la puissance malfaisante à la figure sacrée de la bonté. On l'a vu, dans les grands récits mythologiques, on a décrit au départ les femmes comme des victimes enchaînées à un rocher attendant désespérément leur mari, des épouses soumises ou encore des femmes victimes, pourchassées par les dieux…

LA FEMME, RACINE DE TOUS LES MAUX...

La capacité de la femme à donner la vie a autant fasciné que suscité la peur. Et ce, dès les débuts de l'humanité avec la déesse mère. Si, à l'aube de notre Histoire, on avait conscience de ce féminin sacré, celui-ci a très rapidement été oublié. Rappelons-nous que, dans les premières sociétés nomades, la femme et la Lune engendraient la vie (et, au temps de la préhistoire, on pensait même que le Soleil fécondait la femme !). Puis les dieux firent leur apparition en écho aux déesses, pour ne laisser la place qu'à un seul Dieu, de sexe masculin.

La plupart des traditions religieuses ont longtemps porté un regard négatif sur la femme, considérée comme inférieure à l'homme, impure par ses règles mensuelles et source de tentation. Précisons que ces préjugés sont ceux des sociétés patriarcales au sein desquelles les grandes traditions religieuses se sont développées. Aujourd'hui, l'émancipation féminine et la libéralisation des mœurs demandent à ces religions de s'adapter. « Quant à la situation de la femme, même si certains textes fondateurs ont pu constituer en leur temps un réel progrès, voire une révolution (je pense particulièrement aux Évangiles et au Coran), bien vite les préjugés et les attitudes misogynes ont ressurgi au sein des traditions », explique le philosophe Frédéric Lenoir[10].

D'autres courants spirituels, moins connus en Occident – comme l'hindouisme, le taoïsme et le chamanisme –, ont un discours souvent différent et moins rigoriste sur ces questions.

Dans de nombreuses sociétés de l'Antiquité, les femmes avaient peu de pouvoir et étaient souvent considérées comme des biens appartenant à leurs pères ou à leurs maris. Les mariages étaient arrangés pour des raisons politiques ou économiques, et l'amour romantique n'était généralement pas un facteur déterminant. Les femmes se trouvaient reléguées aux rôles de mères et d'épouses, et leurs perspectives d'amour étaient subordonnées à leurs devoirs familiaux et sociaux.

Presque toujours reléguées loin des écritures et des textes canoniques, les femmes étaient aussi écartées de leur transmission. Comme le fait judicieusement remarquer l'historien des religions Odon Vallet, si l'on trouve plus de femmes dans le Nouveau Testament que dans la Bible (où plus de 80 % des 3 500 personnages sont des hommes), peut-être est-ce parce que l'on y assiste davantage à des scènes de repas que de batailles. Les religions étant intellectuellement

10. **Aurélie Godefroy**, *Les Religions, le Sexe et Nous*, Calmann-Lévy, 2006.

édifiées presque uniquement par des individus mâles, elles font souvent des femmes un objet de sentiments des plus contradictoires : les mêmes textes chantent leur douceur, leur virginité ou leur maternité, mais n'hésitent pas à les associer aux figures de la tentation, de la décadence, du Mal. Le thème de « la femme insatiable » se retrouve d'ailleurs dans nombre de récits des différentes traditions et suscite d'intarissables angoisses : celles d'une jouissance qui ne se règle pas sur le modèle phallique, ne laissant pas toujours la maîtrise de l'érotisme aux hommes.

L'amour a commencé à être célébré et idéalisé dans la culture courtoise, principalement parmi les classes nobles. Les troubadours et les poètes ont popularisé cette idée, qui mettait les femmes sur un piédestal et les considérait comme des objets de désir fantasmés. Cependant, cette idéalisation de l'amour n'était souvent qu'une vision romantique et la réalité de la vie des femmes qui restaient généralement soumises à des contraintes sociales et patriarcales. L'époque moderne a quant à elle vu l'émergence de mouvements sociaux et intellectuels qui ont influencé la perception de l'amour pour les femmes. Au cours des siècles, des voix féministes se sont élevées pour revendiquer l'égalité des droits et une plus grande autonomie. Les idées des Lumières, la Révolution française et le mouvement des suffragettes ont contribué à remettre en question les normes patriarcales et à demander des droits pour les femmes, y compris le droit de choisir leur partenaire amoureux. Malgré ces avancées, les femmes continuaient souvent à être confrontées à des attentes sociales restrictives en matière d'amour et de mariage.

L'ARRIVÉE DU FÉMINISME...

La grande bascule dans la perception de l'amour s'est opérée grâce aux milliers de femmes qui ont rejoint le mouvement féministe. Au XXe siècle, on brouille les rôles de genre traditionnels et on cherche à établir des relations égalitaires basées sur le consentement, le respect mutuel et l'autonomie individuelle. On assiste à l'émergence de discussions sur la liberté sexuelle et la dynamique des relations, même la vision du mariage change. Bref, on revient de loin et ce n'est pas fini !

Il a longtemps été impossible de considérer la femme comme un être humain entier et accompli. Effacées ou dédaignées, les femmes ont traversé l'histoire en clandestines. On a eu du mal à retrouver des traces de leur pensée. Ce seront des bribes ou des témoignages indirects en ce qui concerne l'Antiquité. Ce que nous dit Homère résume tout : « La parole est l'affaire d'hommes », heureusement des femmes, d'Hypatie d'Alexandrie à Hannah Arendt, sauront le faire mentir !

DU CÔTÉ DES RELIGIONS

La faute d'Adam et Ève (enfin… surtout d'Ève apparemment !) ou le passage à l'âge impur est conté dans le plus célèbre épisode de la Genèse où le diabolique serpent pousse Ève à la « faute » (ne lui promettant d'ailleurs que la connaissance et non un quelconque péché d'ordre sexuel, comme on le pense souvent). Ensuite, depuis saint Augustin, les figures du catholicisme ne cesseront de vouloir empêcher cette transmission du péché originel par différentes pratiques. Le moine Cassien présente une première injonction évidente : ne pas succomber « aux tentations de la chair ». Il s'agit ensuite de parvenir à passer outre les pensées impures, puis de « n'être pas troublé par la vue d'une femme » et cela, jusqu'au degré suprême de contrôle : ne pas rêver de « fantômes féminins » dans son sommeil. (Il faut noter que la « méthode » de Cassien est encore en partie utilisée par les sexologues aujourd'hui pour aider les « dépendants sexuels » : elle suggère, par exemple, de donner un nom à sa « tentation », afin d'en avoir une meilleure conscience !)

Lutter contre le désir en se mortifiant le corps, en censurant ses pensées, n'est pas la seule voie. Toutes les religions s'attachent aussi à « traiter » l'objet de ce désir, dans les sociétés patriarcales : les femmes jugées capables par leurs atours, leur démarche, leur parfum ou leurs propos de provoquer leurs homologues masculins. D'autant plus que l'image de la femme est aussi caractérisée par la pudeur considérée comme une composante primordiale de la foi en Occident. Celle-ci est perçue comme *la* vertu féminine par excellence. Une femme qui s'en trouve dépourvue est considérée comme malade, amputée, déviante : « Quant aux femmes, qu'elles aient une tenue décente, qu'elles se parent avec pudeur et modestie : ni tresses ni bijoux d'or ou perles ou toilettes somptueuses, mais qu'elles se parent au contraire de bonnes œuvres, comme il convient à des femmes qui font profession de piété » (I Timothée, II, 9).

En islam, l'injonction des femmes à se comporter vertueusement est encore plus nette. Le Prophète se montre sans ambiguïté à ce sujet :

> « Restez dignes en vos foyers ! Ne vous exhibez pas avec coquetterie, comme [les femmes] de la première [époque] du paganisme. [...]. Ô gens de la maison du Prophète ! Dieu veut seulement éloigner de vous [toute] souillure et vous purifier pleinement ! » (Sourate 33, v. 33)

Idéalement, il faut donc cacher tout ce qui peut éveiller les appétits coupables.

Comme le résume fort bien Laure Adler : « Pour schématiser, deux voies sont souvent choisies pour échapper à l'oppression : ou bien l'adoption par les femmes de valeurs et d'attitudes traditionnellement associées à la virilité – elles combattent alors sur le terrain des hommes –, ou bien l'affirmation de qualités spécifiquement féminines. Il en va de même dans la relation amoureuse : d'un côté, les images nous montrent des femmes agressives, voire guerrières, qui exercent ou tentent d'exercer leur emprise par la force ; et de l'autre, plus souvent sans doute, elles présentent des femmes dont l'ascendant tient à leurs charmes, à leurs ruses et à leurs raffinements féminins. »

Comme nous l'avons vu avec les mythes, les grandes figures féminines sont nombreuses à avoir impacté la vie politique et la culture, en tenant le rôle décisif d'épouse ou de maîtresse d'un roi-dieu gouvernant. L'amour restera leur levier d'action préféré. Souvenons-nous de Judith et d'Esther, deux héroïnes bibliques qui ont sauvé leur peuple en usant de leurs attraits. D'autres au contraire ont, en suscitant la passion, déséquilibré leur pays : que ce soit Hélène de Troie, Marie Antoinette, l'espionne Mata Hari qui utilisait ses charmes au profit de l'espionnage de l'ennemi pendant la Première Guerre mondiale, ou encore Wallis Simpson qui vola la couronne d'Angleterre à Edward…

UNE VIRGINITÉ NON NÉGOCIABLE (ENFIN... SURTOUT POUR LES FEMMES !)

Si dès l'origine le christianisme introduit une nouveauté majeure au sein des religions monothéistes, c'est bien celle de la virginité. Car la présenter, ainsi que le font les Pères de l'Église, comme un état supérieur à celui du mariage est une idée révolutionnaire pour l'époque. « Les rachetés de la terre [...] ne se sont pas souillés avec des femmes, car ils sont vierges. Ils suivent l'Agneau partout où il va. Ils ont été rachetés d'entre les hommes comme prémices pour Dieu et pour l'Agneau » (Apocalypse, XIV, 4).

Dès le IIe siècle du christianisme, la grande figure de la virginité est évidemment la Vierge Marie qui rassemble tous les rôles attribués dans l'Antiquité aux déesses. Elle est aussi abondamment citée dans le Coran et même plus que dans le Nouveau Testament[11].

11. **Reem Yasmina Laghrari**, « Marie », dans *Les Prophètes à la lumière du Coran et de la Bible*, Éditions du Relié.

Comme on le voit, toutes les sociétés patriarcales ont toujours considéré qu'arriver vierge au mariage est une obligation morale destinée à garantir la « respectabilité » des époux, enfin, surtout pour les femmes. Officiellement, la pureté prémaritale est exigée avec la même sévérité en théorie pour les deux sexes, mais à toutes les époques et partout dans le monde, il faut bien avouer que les institutions religieuses se montrent tolérantes envers les garçons et impitoyables avec les filles.

Par exemple, sous l'Ancien Régime, on ne s'étonnera pas qu'« un garçon n'arrive pas *neuf* [vierge] au jour de ses noces[12] » : la question ne se pose même pas pour les jeunes promises. « Au XIXe siècle encore, note l'historien Philippe Lécrivain, le jeune homme se doit [...] de "jeter sa gourme" pour se déniaiser. Qu'un "accident" survienne, nul ne peut intenter au séducteur une action en recherche de paternité. Tout autre est la situation de la "fille-mère". Violée ou non, elle est condamnée à porter seule le poids de sa "faute" qui a dilapidé l'honneur et le capital marchand de sa famille[13]. »

Dès les premiers temps du christianisme, la notion de pureté virginale, prêtée comme idéal aux femmes, est indissociable de son opposé : le vice, la tentation. Presque immédiatement, il s'agit, comme l'écrit l'historien Philippe Boutry, de « développer à travers

12. **François Lebrun,** *La Vie conjugale sous l'Ancien Régime*, Armand Colin, 1975.
13. **Marcel Bernos, Jean Guyon, Charles de Roncière et Philippe Lécrivain,** *Le Fruit défendu. Les chrétiens et la sexualité de l'Antiquité à nos jours*, Le Centurion, 1985.

le parallèle d'Ève et de Marie l'opposition entre la première femme, séduite par Satan et désobéissante à Dieu, et la femme élue de Dieu qui accepte avec foi son commandement ». La tension entre la figure inoffensive de la maternité et celle de la dangereuse volupté atteint alors une sorte d'apogée.

Marie n'est pas le seul modèle de virginité sexuelle. Aux saintes canonisées par l'Église, le critère de la chasteté apparaît essentiel, l'écrasante majorité d'entre elles n'ayant pas connu d'homme. Il faut lire *La Légende dorée*, un recueil des vies de saints telles qu'on les racontait au Moyen Âge et composé par un dominicain ligure, futur évêque de Gênes, Jacques de Voragine au XIIIe siècle pour saisir l'importance de cet attribut : la virginité spirituelle et corporelle des saintes est en permanence louée comme signe de leur grandeur. Mais attention : leur beauté et leur apparence suscitent les appétits coupables des païens – généralement des préfets romains, des consuls, voire de l'empereur lui-même. Et toutes, bien entendu, se refusent à ces ignobles pécheurs, car elles sont mariées au Christ. « J'ai soif d'offrir ma chair et mon sang à Jésus, qui a offert pour moi sa chair et son sang ! clame ainsi sainte Catherine. Lui seul est mon Dieu, mon maître, mon mari et mon amant ! »

Les mâles ainsi éconduits, frustrés, ordonnent des supplices ignobles que Voragine se plaît à dépeindre avec un luxe de détails que je vous épargne ici. Beaucoup désirent souiller sexuellement les saintes qui se refusent avec un entêtement admirable : « Alors Paschase fit venir des proxénètes, et leur dit : “Invitez tout le peuple à jouir de cette femme [sainte

Lucie], et qu'on use de son corps jusqu'à ce que mort s'ensuive !" Mais quand les proxénètes voulurent l'entraîner, l'Esprit saint la rendit si pesante qu'en aucune façon ils ne purent la mouvoir. Et Paschase fit venir mille hommes, et lui fit lier les pieds et les mains ; mais on ne parvenait toujours pas à la soulever. Il fit venir mille paires de bœufs mais la vierge continua à rester immobile. »

Sainte Agnès (IIIe-IVe siècle) encore aujourd'hui sainte patronne de la chasteté, de la pureté corporelle et des victimes de viol connaît un triomphe assez similaire bien qu'ambigu : « Alors le préfet la fit dépouiller de ses vêtements, et conduire toute nue dans une maison de débauche. Mais Dieu lui fit pousser des cheveux en telle abondance que ces cheveux la couvraient mieux que tous les vêtements. Et, quand elle entra dans le mauvais lieu, elle vit un ange qui l'attendait, tenant une tunique d'une blancheur éclatante. Et ainsi le lupanar devint pour elle un lieu de prières. »

Parfois les saintes, conscientes d'attiser par leur beauté ces penchants impurs, se résolvent à les tarir à la source : pour échapper à ses fiançailles, sainte Marguerite (IIIe siècle) décide ainsi de se couper les cheveux, de s'habiller en homme et de se faire moine. Sainte Élisabeth (Ve siècle) songe, elle, à se couper le nez « pour que personne ne s'avisât plus de [la] prendre pour femme ». Une histoire zen raconte le même fait au sujet d'une nonne trop belle qui se défigura.

Au fond, toute la tension sexuelle des sociétés patriarcales puis religieuses autour de la question virginale repose sur un désir paradoxal : exalter la pureté des femmes qui n'ont pas été « souillées » par le sexe des hommes, et dans le même temps, désirer ces femmes qui sont au comble des ravissements. L'idée s'avère de maîtriser symboliquement la jouissance sexuelle féminine, perçue comme potentiellement débordante et dangereuse. Dans une société patriarcale, l'impératif de virginité a d'ailleurs toujours cette double marque : protéger des dangers extérieurs, certes, mais aussi contrôler les dangers « intérieurs » – comme le désir et la liberté des femmes.

C'est au XIXe siècle que le mot « flirt » apparaît dans les milieux bourgeois et aristocratiques. Miroir de l'époque, il évoque la transition entre la fin de l'ère puritaine et la révolution sexuelle, une aubaine pour desserrer les carcans et lever certains tabous ou interdits. Les jeunes hommes, beaucoup moins surveillés que les femmes, s'initient auprès de différents types de femmes : danseuses, prostituées, femmes du monde. Logique pour l'époque qui les juge beaucoup plus sur leur réussite sociale que sur leur vertu…

Les récits écrits à l'époque par les jeunes filles montrent (quand ils n'ont pas été censurés) que leur esprit s'émancipe par l'éducation à l'image des corsets qu'elles ont dû longtemps porter. Les jeunes femmes doivent néanmoins rester effacées, ne devant surtout pas regarder un homme en face au risque de ruiner leur réputation ! N'oublions pas qu'on leur enseignait à l'époque de baisser pudiquement le regard et de le poser sur l'épaule de leur partenaire lors d'une conversation. Mais attention au moindre geste qui pourrait se montrer trop sensuel : ni baiser ni caresse ne sont autorisés.

En témoigne cet extrait *De la démocratie en Amérique* écrit par Alexis de Tocqueville qui compare ici l'éducation des jeunes filles françaises et américaines : « Il ne faut donc jamais s'attendre à rencontrer chez la jeune fille d'Amérique cette candeur virginale au milieu des naissants désirs, non plus que ces grâces naïves et ingénues qui accompagnent d'ordinaire chez l'Européenne le passage de l'enfance à la jeunesse. Il est rare que l'Américaine, quel que soit son âge, montre une timidité et une ignorance puériles. »

Dans le monde chrétien, la virginité prénuptiale trouve un nouveau souffle aux États-Unis depuis les années 1980. Et c'est au sein de certaines communautés protestantes que s'opère ce renouveau. En 1998, les « bals des vierges » appelés aussi « bals de pureté » sont créés par le prêcheur d'une organisation évangéliste de Colorado Springs, Randy Wilson. La pratique se répand au sein des milieux protestants les plus conservateurs. Costumes trois-pièces, robes longues, pièces montées, limousines, et même alliance : les cérémonies ont presque tous les ingrédients d'un mariage… mais avec papa. Des jeunes filles (dont certaines n'ont que 8 ou 9 ans) viennent promettre solennellement devant leurs pères de rester chastes jusqu'à leurs noces. En contrepartie, les pères promettent par écrit de « protéger » la chasteté de leurs filles jusqu'à leur mariage. Ils s'engagent même à ne pas tromper leurs mères ! Sur le site de ces mouvements, on peut lire leur singulière promesse : « Moi, père de [nom de la fille], je m'engage devant Dieu à défendre ma fille et à être le gardien et le protecteur de sa pureté. Je mènerai une vie pure en tant qu'homme, mari et père. Je serai un homme intègre et responsable en dirigeant, orientant et priant pour ma fille et ma famille en tant que principal ministre du culte dans notre maison. Cette protection sera également celle de Dieu pour influencer des générations à venir[14]. »

Lors de ces soirées, certains pères glissent même un « anneau de pureté » au doigt de leur fille, ou leur offrent un « bracelet de chasteté », un bijou que la jeune femme pourra remettre à son mari le soir de ses noces. Selon Randy Wilson, les bals de pureté sont maintenant si populaires qu'il y aurait une liste d'attente pour y assister, les demandes provenant même désormais d'Australie, de Grande-Bretagne ou encore de Nouvelle-Zélande !

14. Site de Randy Wilson : www.generationsoflight.com.

PARTIE II

QUAND LES FEMMES S’EMPARENT (ENFIN !) DE LA LITTÉRATURE POUR PARLER D’AMOUR

Avouons-le, les modèles littéraires qui viennent à l'esprit ne nous prédisposent pas franchement à découvrir l'amour sous un jour heureux. Entre la princesse de Clèves qui ne trouve rien de mieux que d'avouer à son mari sa passion pour le duc de Nemours : « Je ne me trouve plus digne de vous ; vous ne me paraissez plus digne de moi. Je vous adore, je vous hais ; je vous offense, je vous demande pardon ; je vous admire, j'ai honte de vous admirer. Enfin il n'y a plus en moi ni de calme, ni de raison[15] » (ledit mari en mourra de chagrin et elle finira au couvent...), Mme Bovary obsédée par son amour adultère, qui finit par se suicider pour des soucis d'argent, Swann, dont la passion pour Odette le traînera au salon des Verdurin, jusqu'à comprendre que cette fille « n'est pas son genre », et enfin dans *Belle du seigneur*, Ariane et Solal qui terminent drogués à l'éther au *Ritz*. Si après cela on ne comprend pas pourquoi notre imaginaire amoureux nous entraîne vers des histoires bancales...

Pendant longtemps, comme nous l'avons vu, il a été interdit aux femmes d'exprimer leur amour, voire,

15. Madame de Lafayette, *La Princesse de Clèves*, Le Livre de Poche.

pire, leur désir. Or, l'écrit a été un moyen de réappropriation du désir féminin… et non des moindres.

Catherine Clément, une autrice que j'affectionne particulièrement, le résumait très bien dans les années 1970 : « Écrire, acte qui non seulement "réalisera" le rapport dé-censuré de la femme à sa sexualité, à son être-femme, lui rendant accès à ses propres forces ; qui lui rendra ses biens, ses plaisirs, ses organes, ses immenses territoires corporels tenus sous scellés[16]. »

16. Catherine Clément et Hélène Cixous, *La Jeune Née*, 10-18.

AU MOYEN ÂGE…

À cette époque-là, l'expression de l'amour des femmes variait en fonction de différents contextes, tels que la classe sociale supérieure, l'éducation, les normes culturelles et les attentes sociales de l'époque. On parle d'amour courtois : un concept romantique et idéalisé qui influençait souvent les relations amoureuses de l'aristocratie. Selon ses critères, les femmes devaient être vénérées comme des êtres divins et inaccessibles, souvent représentées comme des figures d'inspiration. Du coup, l'amour se trouvait souvent considéré comme une source de motivation pour accomplir des actes de bravoure et de chevalerie. Les hommes exprimaient leur passion à travers des poèmes, des chansons et des gestes de dévotion.

Malgré cela, le mariage était réduit à une question d'alliances politiques et de stabilité économique, plutôt que d'amour romantique, on parlait d'ailleurs de « mariage arrangé », tout un programme…

Les femmes, en particulier celles de la noblesse et de la bourgeoisie, étaient souvent mariées à un homme choisi par leur famille pour des raisons stratégiques. Elles n'avaient pas beaucoup de pouvoir de décision lorsqu'il s'agissait de choisir leur partenaire, puisque considérées comme étant inférieures aux hommes et soumises à leur autorité. Les normes sociales de l'époque les encourageaient avant tout à être dociles, vertueuses et obéissantes envers leur mari. L'expression de leur amour était liée en premier lieu à leur rôle de soutien et de dévotion envers leur époux et leur famille. En tant que mères et protectrices de la famille, leur fonction se réduisait à éduquer les enfants, à les nourrir et à prendre soin d'eux.

Notre chère Héloïse...

Une figure m'est chère, Héloïse, celle que l'on surnomme « l'abbesse de l'amour libre ». Née au début du XIe siècle et élevée parmi les bénédictines d'Argenteuil où elle apprend la lecture, elle parvient grâce à Fulbert, son oncle chanoine, à devenir l'unique femme de son temps à avoir suivi les arts libéraux. Ce même oncle qui permettra de découvrir le genre de la correspondance amoureuse.

C'est ensuite avec Abélard, un philosophe renommé, qu'elle tisse à partir de 1114 des liens amoureux à travers sa correspondance. Héloïse appréhende le désir féminin de manière révolutionnaire pour l'époque : selon elle, y céder n'est absolument pas une faute morale s'il n'y a aucune intention perverse. Cette nouvelle forme d'amour libre, d'abord intellectuel, et libéré des règles sociales se mêle d'une passion dévorante. Lorsque la liaison est découverte par Fulbert, Abélard s'enfuit avec son amante. De leur amour naîtra un fils, Astrolabe. Pour que l'oncle leur pardonne, Abélard veut épouser Héloïse, qui ne compte pas en passer par là : selon elle, le mariage est une forme de prostitution avant l'heure, absolument pas une preuve d'amour. Mais une autre raison la pousse également à refuser et que leur liaison demeure clandestine : si Abélard veut continuer à exercer au sein de l'Église, leur union doit demeurer secrète. Elle-même décide de rentrer dans les ordres. Fou de colère, Fulbert fera émasculer Abélard par ses hommes de main (charmant)… Voilà une histoire qui se termine certes plutôt tragiquement mais qui montre la volonté d'une femme à ne pas céder aux institutions pour vivre son amour tel qu'elle l'entend. Ici, la femme qui s'est entièrement donnée à l'amour charnel se voit appelée à revenir à Dieu par son amant et des circonstances dramatiques : elle restera comme un exemple de libération féminine.

Lettre II, correspondance entre Héloïse et Abélard

J'ai gravement péché, tu le sais ; pourtant, bien innocente. Le crime est dans l'intention plus que dans l'acte. La justice pèse le sentiment, non le geste. Mais quelles furent mes intentions à ton égard, toi seul, qui les éprouves, en peux juger. Je remets tout à ton examen, j'abandonne tout à ton témoignage. Dis-moi seulement, si tu le peux, pourquoi, depuis notre conversion monastique, que tu as seul décidée, tu m'as laissée avec tant de négligence tomber en oubli ; pourquoi tu m'as refusé la joie de tes entrevues, la consolation de tes lettres. Dis-le, si tu le peux,

… /…

ou bien je dirai, moi, ce que je crois savoir, ce que tous soupçonnent ! C'est la concupiscence, plus qu'une affection véritable, qui t'a lié à moi, le goût du plaisir plutôt que l'amour. Du jour où ces voluptés te furent ravies, toutes les tendresses qu'elles t'avaient inspirées s'évanouirent.

Voilà, mon bien-aimé, la conjecture que forment non pas moi vraiment, mais tous ceux qui nous connaissent. C'est là moins une supposition personnelle qu'une pensée générale, moins un sentiment particulier qu'un bruit répandu dans le public. Plût à Dieu qu'il me fût propre, et que ton amour trouvât contre lui des défenseurs ! Ma douleur s'apaiserait un peu. Plût à Dieu que je pusse trouver des raisons qui, en t'excusant, couvrissent d'une certaine façon la bassesse de mon cœur !

« J'en prends Dieu à témoin, si Auguste lui-même, le maître du monde, m'avait jugée digne d'être son épouse et à jamais assurée de l'empire de l'univers. J'aurais trouvé plus doux et plus digne qu'on me dise ta catin plutôt que son impératrice. »

Héloïse

Au Moyen Âge déjà, on trouve également les « trobairitz », les femmes du pays d'Oc qui chantent pour exprimer leur désir (entre les XIIe et XVe siècles). Issues de la noblesse, elles nous ont légué un corpus assez restreint, composé de chansons (*cansos*). Une de leurs caractéristiques est le « je » qui agit : en assumant la position de sujet, elles expriment directement le désir, contrairement à l'amour courtois où l'on assiste à des scènes de femmes repoussant les avances d'un amoureux transi.

La comtesse de Die convie ainsi son « bel ami » sur sa couche pour « lui donner un baiser d'amour et le tenir dans ses bras à la place de son mari ».

Selon la spécialiste Danielle Régnier-Bohler : « Occuper le territoire de l'écrit est pour la femme du Moyen Âge une grande entreprise, accompagnée de la conscience d'une effraction ou d'une audace, d'une timidité liée à l'incapacité de son sexe. » Si on ne peut pas encore noter une position commune au sujet du désir féminin, des plumes et des voix individuelles commencent à s'élever pour en célébrer la force.

Parmi les voix de femmes qui s'expriment de manière singulière sans s'inscrire dans des communautés d'autrices, on retrouve Marie de France (1160-1210), qui signe uniquement de son prénom les œuvres qu'on lui attribua : *Les Fables*, *L'Espurgatoire de seint Patriz*.

Cette poétesse du XIIe siècle a écrit une série de courts récits poétiques appelés « lais » qui abordent des thèmes d'amour, de désir et de romance. Ses lais mettent souvent en scène des femmes fortes et indépendantes qui expriment leurs sentiments amoureux. On sent dans ses ouvrages une conscience d'autrice : elle n'hésite pas à insister sur son travail d'écriture, et à inclure des personnages féminins qui osent se déclarer avant les hommes. À chaque fois, une parole de femme est donc à l'origine de l'aventure évolutive de la conscience féminine.

Christine de Pizan, quant à elle, a exaspéré nombre d'hommes... Gustave Lanson la présente dans son *Histoire de la littérature* en 1895 comme « la première de cette insupportable lignée de femmes auteurs ». On peut dire qu'elle se situe hors des clous des codes de la littérature courtoise de l'époque qui pense que la passion se vit de manière adultérine : elle célèbre dans ses œuvres le bonheur de l'amour conjugal. Cette écrivaine italienne du XIVe siècle a produit de nombreux poèmes et textes qui célèbrent l'amour des femmes. Son œuvre *Le Livre de la Cité des Dames* présente des femmes exemplaires et puissantes qui incarnent l'amour, la sagesse et la vertu, et où elle met en évidence son lien au savoir. Érudite et passionnée, elle fut une des seules femmes de l'époque à vivre de l'écriture (si ce n'est la seule !). Veuve, elle chantera sa douleur de la perte de son ami aimé dans *Les Cent Ballades*, et s'illustrera en dénonçant les mirages de l'amour courtois dans *Le Livre du duc des vrais amants*.

Christine de Pizan, Et je promets de t'aimer d'amour sûre

Très cher ami, pour te rendre joyeux
Je te choisis et à nouveau te prends
Pour la Saint-Valentin, des amoureux
Le jour fatal ; je te donne en présent
Mon propre cœur, même si depuis longtemps
Il était tout à toi, je te le réassure
Et je promets de t'aimer d'amour sûre.
Pour mon ami, à toujours en tout lieu,
Je t'ai choisi, et notre attachement
Est infrangible, reprenons tous nos jeux
Pour accueillir la douceur du printemps
Qui revient cette nuit, très fermement
Je me déclare à toi, sans imposture
Et je promets de t'aimer d'amour sûre.
Il est bien juste que ton cœur soit heureux
Et que pour moi tout ton comportement
Soit enjoué, quand tout fait de son mieux
Pour être en joie, d'autant que je t'attends
À Bonplaisir, dont je garde les champs
Car Amour vrai m'a confié leur tenure
Et je promets de t'aimer d'amour sûre.
Je suis à toi, mon ami, sans mesure
Et je promets de t'aimer d'amour sûre[17].

17. **Christine de Pizan**, *Les Cent Ballades d'amant et de dame*, Gallimard.

À LA RENAISSANCE…

En 1977, l'historienne Joan Kelly pose la question : « Les femmes ont-elles connu une Renaissance ? » Il faut dire que les obstacles ne manquent pas : exclusion des lieux d'éducation, de l'université, un statut juridique qui s'effondre à cause du concile de Trente, multiplication des procès en sorcellerie, on pense forcément au *Malleus maleficarum*, qui n'est qu'un des écrits misogynes florissant grâce à l'invention de l'imprimerie… Mais surprise : en 1530, on assiste à un effet de bascule avec la multiplication d'ouvrages… d'écrivaines souvent épaulées par des hommes !

Un chiffre est parlant : entre le décès de Marguerite de Navarre (1549) et celui de Marguerite de Valois (1615), première femme à écrire ses mémoires, cinquante femmes publient leurs manuscrits sous différentes formes. Poésie, stances, allégories, théâtre et un nouveau genre qui jouera un rôle décisif dans les prochains siècles : le genre épistolaire. Rares sont pourtant celles qui publient de leur vivant, car se risquer sur le terrain de l'amour se révèle être encore très glissant… voire dangereux.

L'expression de l'amour des femmes commence à s'affranchir des normes de la période médiévale, reflétant les changements culturels, sociaux et artistiques. L'amour courtois évolue vers une conception plus individualisée et romantique de l'amour. Les femmes sont souvent idéalisées et glorifiées dans la littérature, la poésie et les arts visuels de l'époque. L'amour est de plus en plus perçu comme une expérience personnelle et émotionnelle intense. Les femmes lettrées et issues de la noblesse participent d'ailleurs souvent à des échanges épistolaires avec leurs amoureux.

Les lettres étaient un moyen de communication intime et permettaient aux femmes d'exprimer leurs sentiments et leurs désirs amoureux de manière plus directe : une première ! Elles pouvaient aussi exercer une influence sur les hommes de leur entourage, les conseiller et même façonner les goûts artistiques et littéraires de l'époque. Leur charme et leur présence étaient souvent recherchés et célébrés. Certaines femmes de cette époque, comme Isabella d'Este, Catherine de Médicis ou Giulia Gonzaga, étaient des mécènes des arts. Elles soutenaient les artistes et les écrivains, souvent en commissionnant des œuvres d'art qui exprimaient des thèmes liés à l'amour, à la romance et à l'idéalisation de la beauté féminine. Les femmes issues de milieux plus modestes avaient, on s'en doute, généralement moins de liberté pour exprimer ouvertement leur amour mais toutes ces idées infusaient dans la société du temps.

La plus audacieuse sera Louise Labé, qui déconstruit la relation entre l'amant et l'aimée. Elle ose même interroger la façon de chanter la beauté masculine (*Sonnet XXI*). « Quelle grandeur rend l'homme vénérable ? Quelle grosseur ? Quel poil ? Quelle couleur ? » se demande-t-elle. Et fait notoire, elle termine sur « mon désir ». Louise Labé sera, par ailleurs, l'unique femme, à cette époque, à signer ses écrits de son nom. Des groupes commencent à se constituer, comme à Lyon avec les « dames lyonnaises ». Pour finir, on ne peut omettre le genre du « dialogue » alors en plein essor : très utile pour contester les thèses masculines (je pense au *Débat de Folie et d'Amour* toujours de Louise Labé). Ce procédé permet de faire émerger des réflexions sur la manière de concilier mariage et volupté féminine, un sujet déjà d'actualité, décidément… Elle évoque des tourments qui semblent bien contemporains : dans ce poème, elle pleure en effet l'amour non réciproque qui a conduit son mari dans les bras d'une autre, et se trouve en proie au désespoir et à la jalousie. Blessée dans son amour-propre mais aussi dans sa chair, elle semble consciente que l'amour est un sentiment éphémère bien difficile à maintenir dans les méandres du quotidien qui éteint petit à petit la flamme ardente des premiers moments.

Louise Labé

Ô beaux yeux bruns, ô regards détournés,
Ô chauds soupirs, ô larmes épandues,
Ô noires nuits vainement attendues,
Ô jours luisants vainement retournée !
Ô tristes plaints, ô désirs obstinés,
Ô temps perdu, ô peines dépendues,
Ô milles morts en mille rets tendues,
Ô pires maux contre moi destiné !

Ô ris, ô front, cheveux bras mains et doigts !
Ô luth plaintif, viole, archet et voix !
Tant de flambeaux pour ardre une femelle !

De toi me plains, que tant de feux portant,
En tant d'endroits d'iceux mon cœur tâtant,
N'en ait sur toi volé quelque étincelle.

Louise Labé (1524-1566)

ET SOUS LE GRAND SIÈCLE...

Le XVIIe siècle est une période importante pour les femmes, qui n'hésitent plus à investir des genres littéraires différents. On pense à la correspondance quotidienne de Madame de Sévigné, qui ne peut s'empêcher de partager ses réflexions de la journée.

Madame de Sévigné

À Livry, jeudi au soir 2 novembre [1679]

[...] *Je crois que je ferai un traité sur l'amitié ; je trouve qu'il y a tant de choses qui en dépendent, tant de conduites et tant de choses à éviter pour empêcher que ceux que nous aimons n'en sentent le contrecoup ; je trouve qu'il y a tant de rencontres, où nous les faisons souffrir, et où nous pourrions adoucir leurs peines, si nous avions autant de vues et de pensées qu'on en doit avoir pour ceux qui tiennent au cœur : enfin je ferais voir dans ce*

... /...

livre qu'il y a cent manières de témoigner son amitié, lorsque la bouche traîtreusement vous en assure. Je ne parle pour personne ; mais ce qui est écrit est écrit.

Automne à Livry – Lettre 43 à Madame de Grignan

Mais les positions des femmes et leur combat sur l'égalité avec les hommes déchaînent un torrent de misogynie… La citation de Jean Chapelain dans une lettre à son ami Guez de Balzac s'indigne que la salonnière des Loges ose « s'ériger en écrivaine ». Une expression malheureuse qui sera reprise à chaque fois qu'on jugera la présence d'une femme dans la littérature malvenue. Le mouvement de cent cinquante femmes réunies autour du salon de Madeleine de Scudéry fait beaucoup parler, tout comme les préjugés qui leur collent toujours à la peau (que l'on doit d'ailleurs beaucoup à la comédie de Molière *Les Précieuses Ridicules*). Elles jouèrent un rôle incontournable dans la réflexion sur la codification des relations amoureuses, et sur la pratique du mariage forcé contre lequel elles s'élevaient avec conviction. Une manière de peser pour elles sur les changements sociaux. Elles font partie de celles, notamment, qui mettront en place un nouveau code de sensibilité amoureuse : avec la carte de Tendre, dont vous trouverez les chemins ci-contre. Une carte qui cherche à réduire la tension entre le cœur et la raison. On laisse la place à de la tendresse pour tempérer la passion destructrice. On doit à ces précieuses (pourtant largement démolies comme on s'imagine) un nouvel art d'aimer, en pacifiant les relations entre hommes et femmes.

LA CARTE DE TENDRE

Au début de ce roman en dix volumes, l'héroïne Clélie invente le pays de Tendre, qui représente de manière allégorique les chemins et les étapes de la vie amoureuse selon les précieuses. Une carte illustre le texte.

En effet vous voyez que de Nouvelle Amitié on passe à un lieu qu'on appelle Grand Esprit, parce que c'est ce qui commence ordinairement l'estime ; ensuite vous voyez ces agréables Villages de Jolis Vers, de Billet galant, et de Billet doux, qui sont les opérations les plus ordinaires du grand esprit dans les commencements d'une amitié. Ensuite pour faire un plus grand progrès dans cette route, vous voyez Sincérité, Grand Cœur, Probité, Générosité, Respect, Exactitude, et Bonté, qui est tout contre Tendre, pour faire connaître qu'il ne peut y avoir de véritable estime sans bonté et qu'on ne peut arriver à Tendre de ce côté-là, sans avoir cette précieuse qualité. Après cela, Madame, il faut s'il vous plaît retourner à Nouvelle Amitié, pour voir par quelle route on va de là

... /...

à Tendre sur Reconnaissance. Voyez donc, je vous en prie, comment il faut d'abord aller de Nouvelle Amitié à Complaisance, ensuite à ce petit Village qui se nomme Soumission et qui en touche un autre fort agréable, qui s'appelle Petits Soins.

LE SIÈCLE DES LUMIÈRES, SIÈCLE ÉPISTOLAIRE

Au XVIIIe siècle, c'est l'inverse qui se produit : alors que le libertinage et le genre du roman libertin explosent, on constate *a contrario* l'absence presque totale de femmes dans leur écriture. On y trouve *La Grivoise du temps* de Mademoiselle de Charolais, mais on doute certes fort de son authenticité. Les autrices ne se taisent pas pour autant et n'hésitent pas à aborder la question du désir, dans des écrits privés. En témoigne le nombre de correspondances que l'on peut consulter encore aujourd'hui : on pense aux lettres d'Isabelle Bourbon-Parme, l'archiduchesse Marie-Christine, Julie de Lespinasse, Françoise de Sabran, Mademoiselle du Rousset à Sade ou encore d'Amélie Houret à Beaumarchais... On retrouve dans ces livres non pas un certain libertinage, comme leurs homologues masculins, mais plutôt une revendication d'un désir pleinement assumé avec beaucoup d'humour, en se faisant un malin plaisir à souligner l'inconstance des hommes ou leur impuissance (qui, au passage, pouvait les arranger !).

Mademoiselle du Rousset termine une lettre au marquis de Sade du 7 mai 1779 par ce paragraphe, en patois

Il est possible que j'aie allumé en vous ce qui vous aiguillonne. Il fallait venir me trouver, je vous aurais fait un peu de place à côté de moi, vous auriez vu que je sais guérir les malades de votre espèce ; j'aurais d'abord tâté si la fièvre était forte ; si j'eusse jugé que vous aviez besoin de suer, alors je l'aurais mis dans un petit endroit étroit et chaud qui assurément ne lui aurait pas fait de mal… Ta tête est malade peuchère… Je voudrais la toucher pour savoir si elle est très chaude. Écoute : peut-être y mets-tu trop de choses dedans, ce pourrait bien être la raison pour laquelle elle te pèse tant ; le temps y contribue en quelque chose, mais tes rêveries y font pire. Allons adieu. Je ne veux pas te dire ce que je pense car tu ne penserais qu'à moi. Je serais entourée de baisers, de petites cajoleries qui te chatouilleraient un peu partout, et puis le feu se mettrait de nouveau aux étoupes. Puisque je dois en répondre devant Dieu, je ne veux pas faire rire le diable. Pour tes mille et mille petits bécots je double la dose ; si tu n'en as pas assez demande-m'en plus[18].

18. Mademoiselle du Rousset au marquis de Sade (traduction de J.-J. Pauvert, *Sade vivant*, Robert Laffont, t. II).

Et pourtant, vers la fin du siècle tout cet univers latent commence à frémir : le roman par lettres émerge et devient un genre particulièrement prisé. La lettre d'amour devient un fait de société, surtout lorsque l'on est une femme. Certaines aiment tellement les lettres qu'elles en font des romans. Un vent de liberté souffle sur le genre épistolaire à l'époque des Lumières, surtout chez les dames. La lettre crée le lien, dans la réalité comme dans la fiction.

J'ai une faiblesse, dans ce siècle, pour Madame du Châtelet, connue pour avoir été pendant près de quinze ans l'amante de Voltaire, qu'elle accueillera dans son domaine de Cirey pour éviter qu'il ne soit arrêté après la publication de ses *Lettres philosophiques*. Plus tard elle s'amourachera de Saint-Lambert de dix ans son cadet (une cougar avant l'heure !). Mais elle mourra des suites d'une infection après son accouchement de l'enfant qu'ils eurent ensemble, triste destin féminin.

Madame du Châtelet, lettre à Jean-François de Saint-Lambert, 1er septembre 1748

Non, je ne vous apprendrai pas à moins aimer, moi à qui vous devez de connaître ce qu'on appelle aimer : votre amour, les marques que j'en reçois, la manière dont vous l'exprimez, tout ce que vous m'écrivez fait mon bonheur [...]. *Vos lettres sont délicieuses, vous m'y dites quelquefois des*

... /...

injures, et ce sont celles qui m'affligent le plus, vous y doutez de mon amour […] *montrez-moi toujours autant d'amour qu'il y en a dans vos lettres. Vous ne pouvez vous imaginer combien elles m'enflamment et quel amour les marques de votre passion excitent dans mon cœur. Tous mes sentiments sont durables, tout a fait des traces profondes dans mon âme.*

On trouvera également dans ce siècle la passion dévorante de Julie de Lespinasse, égérie des encyclopédistes, amie de D'Alembert et de Diderot, pour Jacques de Guibert, de onze ans son cadet. Mais son emprise sur elle est si totale qu'elle en perd le goût de recevoir, elle qui avait pourtant l'habitude de tenir les plus grands salons.

Julie de Lespinasse, lettre au comte de Guibert, 1774

Ah, comment ai-je été égarée, trompée à un tel excès […] *vous ne connaissez pas la moitié de l'ascendant que vous avez sur moi : vous ne savez pas ce que vous avez à vaincre chaque fois que je vous vois ; vous ne vous doutez pas de tous les sacrifices que je vous fais : vous ne savez pas à quel point je renonce à moi pour être à vous ?*

On retrouve le moment de bascule de la Révolution française, également dans l'écriture des femmes. De nombreuses écrivaines prolifiques (et pas seulement) sont guillotinées. D'autres comme Mirabeau et Sophie de Monnier continueront à vivre leur passion grâce à la lettre d'amour. C'est ainsi que depuis leurs prisons respectives, même emprisonnés et séparés, les amants ont réussi à faire vivre leur amour durant de nombreuses années. En revanche, les textes engagés appelant les femmes à assumer un plein rôle dans la politique et au sein de la société comme Constance de Théis ou Olympe de Gouges restent lettre morte comme elle le souligne ici : « **La femme a le droit de monter à l'échafaud ; elle doit avoir également celui de monter à la tribune**[19]. »

19. Olympe de Gouges, *Déclaration des droits de la femme et de la citoyenne.*

AU XIXE SIÈCLE

Le Code civil de 1804 de Napoléon n'arrange rien, consacrant l'infériorité de la femme face à l'homme : les femmes seront sévèrement punies en cas d'adultère, d'enfant hors mariage... Autre aspect décisif qui apparaît à cette période : l'émergence d'un véritable système de prostitution organisé... Malgré la difficile condition des femmes, celles-ci continuent à tenir salon, comme autour de Juliette Récamier. Le roman libertin, écrit comme un ouvrage d'apprentissage, émerge avec Félicité de Choiseul-Meuse (*Julie*, *Amélie de Saint-Far*). Ils insistent sur la possibilité pour les femmes de se passer des hommes... Un véritable appel à la libération et à l'émancipation ! On trouve aussi l'émergence d'un genre nouveau avec le roman gothique, puis le roman noir (avec Désirée de Castera ou Camille Bodin) qui propose une vision de la femme paradoxale : si les personnages féminins sont au centre du récit, leurs autrices n'hésitent pas à prolonger leurs souffrances sur plusieurs volumes avec des femmes victimes qui clament leur désarroi...

Enfin, le roman sentimental, dont une grande figure est Germaine de Staël, clame le triste destin de la femme de génie, condamnée à l'incompréhension, et là aussi au malheur (Delphine et Corinne). Selon elle, « L'amour est l'histoire de la vie des femmes, c'est un épisode dans la vie des hommes ».

Germaine de Staël

Nous marchons dans la vie, environnés de pièges et d'un pas chancelant ; nos sens se laissent séduire par des amorces trompeuses ; notre imagination nous égare par de fausses lueurs ; et notre raison elle-même reçoit chaque jour de l'expérience le degré de lumière qui lui manquait et la confiance dont elle a besoin. Tant de dangers unis à une si grande faiblesse ; tant d'intérêts divers, avec une prévoyance limitée, une capacité si restreinte ; enfin tant de choses inconnues et une si courte vie : toutes ces circonstances, toutes ces conditions de notre nature, ne sont-elles pas pour nous un avertissement du haut rang que nous devons accorder à l'indulgence dans l'ordre des vertus sociales !… Hélas ! où est-il l'homme qui soit exempt de faiblesses ? Où est-il l'homme qui n'ait aucun reproche à se faire ? Où est-il l'homme qui puisse regarder en arrière de sa vie sans éprouver un seul remords ou sans connaître aucun regret ? Celui-là seul est étranger aux agitations d'une

… /…

âme timorée, qui ne s'est jamais examiné lui-même, qui n'a jamais séjourné dans la solitude de sa conscience[20].

George Sand sera celle qui apportera un contrepoint intéressant (même si elle subira un nombre incalculable d'attaques misogynes) en partageant notamment ses rencontres avec les artistes qu'elle accueille dans sa demeure du Berry.

On ressent ici la critique des personnages comme Raymon, si assurés d'eux-mêmes et amoureux de l'état amoureux, au point d'oublier la femme vers laquelle ils se tournent.

George Sand

Raymon s'assit auprès d'elle. Il avait cette aisance que donne une certaine expérience du cœur ; c'est la violence de nos désirs, la précipitation de notre amour qui nous rend stupides auprès des femmes. L'homme qui a un peu usé ses émotions est plus pressé de plaire que d'aimer. Cependant M. de Ramière se sentait plus profondément ému auprès de cette femme simple et neuve qu'il ne l'avait

… /…

20. **Madame de Staël,** *Corinne ou l'Italie*, Folio.

encore été. Peut-être devait-il cette rapide impression au souvenir de la nuit qu'il avait passée chez elle ; ce qu'il y a de certain, c'est qu'en lui parlant avec vivacité, son cœur ne trahissait pas sa bouche.

Mais l'habitude acquise auprès des autres donnait à ses paroles cette puissance de conviction à laquelle l'ignorante Indiana s'abandonnait, sans comprendre que tout cela n'avait pas été inventé pour elle.

En général, et les femmes le savent bien, un homme qui parle d'amour avec esprit est médiocrement amoureux. Raymon était une exception ; il exprimait la passion avec art, et il la ressentait avec chaleur. Seulement ce n'était pas la passion qui le rendait éloquent, c'était l'éloquence qui le rendait passionné. Il se sentait du goût pour une femme, et devenait éloquent pour la séduire et amoureux d'elle en la séduisant. C'était du sentiment comme en font les avocats et les prédicateurs, qui pleurent à chaudes larmes dès qu'ils suent à grosses gouttes. Il rencontrait des femmes assez fines pour se méfier de ces chaleureuses improvisations ; mais Raymon avait fait par amour ce qu'on appelle des folies : il avait enlevé une jeune personne bien née ; il avait compromis des femmes établies très haut ; il avait eu trois duels éclatants ; il avait laissé voir à tout un

… /…

rout, à toute une salle de spectacle, le désordre de son cœur et le délire de ses pensées. Un homme qui fait tout cela sans craindre d'être ridicule ou maudit, et qui réussit à n'être ni l'un ni l'autre, est hors de toute atteinte ; il peut tout risquer et tout espérer[21].

Un peu plus tard, une autre sorte de roman féminin tient le haut du pavé car les scènes érotiques deviennent un moyen précieux pour les lectrices d'atteindre un savoir anatomique qui leur est alors confisqué, à une époque où la pratique de la médecine reste interdite aux femmes.

À la fin du XIXe siècle, Rachilde raconte comment, dans *La Marquise de Sade*, son héroïne accède au plaisir grâce à des traités médicaux de son oncle médecin.

De son côté, les saint-simoniennes marquent un tournant essentiel pour les féministes françaises. Elles se lancent dans l'écriture d'un journal consacré aux questions politiques et sociales, et entièrement rédigé par des femmes. Le titre est évocateur : *La Femme libre* (qui changera plus tard pour *La Femme nouvelle*), qui trace une voie d'émancipation, loin de la « tyrannie » masculine. Parmi les sujets en débat : la liberté d'aimer. Les points de vue divergent, mais « ce n'est pas tant la multiplicité des amours qui est mentionnée dans *La Femme libre* que la recherche

21. George Sand, *Indiana*, Folio Classiques.

du bon partenaire, non dans une logique romantique mais dans celle, plus subversive, du désir féminin[22] ». Elles rappellent, par ailleurs, que l'institution du mariage est pour beaucoup comparée à un moyen de prostitution légal. Le glas sonne pour le journal avec la loi sur les associations de 1834, qui alourdit la loi sur la censure de 1810.

Paradoxe (ou pas), le désir féminin devient un motif obsédant dans la littérature masculine : qu'elle soit adultère, lesbienne ou prostituée (courtisane ou demi-mondaine). Il faut attendre 1870 pour que paraisse *Le Roman de Violette* de Mannoury d'Ectot : le premier roman érotique féminin (suivi une douzaine d'années plus tard par *Les Cousines de la colonelle*).

Mannoury d'Ectot

Rien de plus charmant que ce sein nu, que cette tête un peu rejetée en arrière et noyée dans des flots de cheveux : on eût dit une peinture de Giorgione. Le sein était merveilleux de blancheur et de rotondité, il eût rempli le beau creux laissé dans la cendre de Pompéi par celui de l'esclave de Diomède. Contre l'ordinaire des brunes, le bouton était d'un rouge vif, on eût dit une fraise. Je me courbai doucement sur elle et je l'effleurai du bout des lèvres. Un frisson

... /...

22. Romain Enriquez et Camille Koskas, *Écrits érotiques des femmes. Une nouvelle histoire du désir*, coll. « Bouquins ».

fit frémir sa peau et le bout du sein se raidit. Il ne tenait qu'à moi de soulever le drap, à coup sûr elle ne se fût pas réveillée[23].

On ne peut enfin pas clore ce XIXe siècle sans évoquer la passion épistolaire de Juliette Drouet pour Victor Hugo : vingt-trois mille lettres et billets, celle qui aimera le poète pendant plus de cinquante ans n'hésitait pas à lui écrire plusieurs fois par jour pour entretenir leur passion.

Juliette Drouet

Je t'ai donné plus que je ne possédais, le présent et l'avenir dans l'espoir de te rendre heureux par cette preuve de confiance et d'amour. […] *Pauvre petit homme bien-aimé, pourquoi n'es-tu pas venu ce matin ? Tu te serais reposé, je t'aurais dorloté et caressé et adoré.* […] *Je t'aime mon Toto. Je t'adore, mon petit mari. Je t'aime, mon cher bijou. Je t'aime. Je t'aime. Je t'aime. Juliette*

19 novembre 1839

23. **Mannoury d'Ectot**, *Le Roman de Violette*, La Bourdonnaye.

AU XXE SIÈCLE

C'est (enfin !) à notre époque que l'érotisme féminin conquiert définitivement un espace d'expression. À travers trois facteurs essentiels : le mouvement lesbien du début du siècle, l'offensive des années 1950 et le déferlement de la libération sexuelle dû à l'invention de la pilule et accompagné du mouvement féministe des années 1970.

Au début du siècle, on retrouve, à travers la percée de la poésie, l'expression du sentiment passionnel (avec, entre autres, Anna de Noailles, Berthe de Nyse…). L'expression d'un amour malheureux ou entravé va même jusqu'à l'exaltation de la pulsion de mort (Marguerite Burnat-Provins).

L'érotisme dégagé par ses poèmes a plusieurs origines. Ce livre est d'abord celui d'un amour blessé, celui d'un corps et d'une âme qui cherchent désespérément à atteindre, à posséder l'âme et le corps de l'autre, être de fuite et de refus. Cette quête prend tour à tour le visage de la tendresse, de la tristesse et de la solitude face à l'être aimé, celui de la violence et de la cruauté, du désir de faire mal pour étouffer un peu l'atroce souffrance de l'amour déçu. Celle qui exhale ainsi sa plainte ressemble un peu à Marguerite Burnat-Provins elle-même.

Marguerite Burnat-Provins

Le jour de l'attente est passé.

La porte refermée sur le dernier sourire, c'est l'absence, l'abîme en quelques secondes creusé.

Il ne reste que la mémoire, ce qui retourne dans les instants ; mais en avant, la nuit sans crépuscule tombe, aucune antenne n'y peut plonger.

L'air s'était animé d'une présence, une musique humaine y flottait, il semblait que les choses elles-mêmes fussent attentives à retenir pour mieux s'imprégner et me rendre le palpitant souvenir. Ce qui entrait, ce n'était pas seulement le premier soleil du printemps, j'ai cru que c'était l'été, le dispensateur des plus longues journées où paraît se ralentir le galop du temps, où chaque seconde recueille un viatique en prévision de la saison noire et blanche qui nous demande tant.

L'heure est évanouie, la forme disparue. Comme dans une contrée déboisée, un grand espace s'est élargi autour de mon cœur rempli jusqu'au bord de tristesse. Il se tient immobile au milieu de sa solitude, il a peur que le moindre frisson le penche et fasse déborder la nappe amère.

Alors moi, qui ne suis qu'une femme, je me mettrais à pleurer comme une femme, tout simplement. Et vous penseriez que c'est lâche[24].

24. **Marguerite Burnat-Provins**, *Pour l'être sans visage*, *Vous*, Paris, Edward Sansot, 1920.

C'est l'essor de la littérature lesbienne et la célébration de son érotisme qui participent à libérer la parole sur le désir féminin.

Beaucoup de romans posent la question de l'art d'aimer, interrogeant la répartition traditionnelle des « rôles » de l'homme et de la femme au sein du couple, et donc pour la première fois aussi clairement celle du désir et du plaisir féminin… En témoigne *Les Caprices du sexe* de Renée Dunan, en 1928, qui interroge de manière très directe et décomplexée la jouissance féminine. Et bonne nouvelle, ce n'est plus une question de classe : on assiste à la démocratisation du roman érotique, qui célèbre le désir dans des milieux ouvriers, de petits théâtres et monde du spectacle… Des manifestes commencent à apparaître après la Seconde Guerre mondiale. L'après-guerre voit l'émergence de Marguerite Duras, qui explore, sans complexe, le désir féminin à travers des héroïnes qui vivent leurs histoires amoureuses dans la transgression comme dans son best-seller mondial *L'Amant*.

Marguerite Duras

Il me dit que je suis son seul amour, et c'est ça qu'il doit dire et c'est ça qu'on dit quand on laisse le dire se faire, quand on laisse le corps faire et chercher et trouver et prendre ce qu'il veut, et là tout est bon, il

… /…

n'y a pas de déchets, les déchets sont recouverts, tout va dans le torrent, dans la force du désir[25].

Cette possibilité d'écrire cette sensualité est pourtant, dans le système très corseté des années 1950, très sensible et réservée à une certaine catégorie de femmes, issues de milieux privilégiés qui peuvent à la fois avoir accès à cette écriture et qui osent exprimer un désir fortement réprimé jusqu'aux années 1970. On en revient à la question de l'érotisme, sa définition (« exaltation de l'amour sensuel » pour Larousse), et la possibilité pour les femmes de l'exprimer. Celui qui marque les mémoires reste *Histoire d'O* de Dominique Aury (sous le pseudonyme de Pauline Réage). Si cette autrice écrit sur le désir féminin, elle décrit son héroïne qui se fait délibérément objet d'un ordre masculin. Deux interprétations germent alors : est-ce une femme passive passionnément amoureuse de son amour, qui se laisse faire dans une soumission totale à ses fantasmes… ou met-elle en scène ses propres désirs, avec des figurants ? Sans doute les deux…

Ce livre censuré et distribué des années durant sous le manteau sera libérateur et fera des émules qui exploreront les jeux de domination dirigés aussi bien par des hommes que par des femmes… On pense à *L'Image* de Catherine Robbe-Grillet sous le

25. Marguerite Duras, *L'Amant*, Folio.

pseudonyme de Jean de Berg (1956), à Emmanuelle Arsan dans *Emmanuelle* qui érige l'érotisme en art de vivre, en morale du plaisir. Autre fait à noter : ces romans commencent à être publiés par des maisons prestigieuses telles que Gallimard.

La publication du *Deuxième Sexe* de Beauvoir, en 1949, résonne comme un coup de tonnerre : pour Simone de Beauvoir, l'érotisme se vit de manière « clandestine » ou « honteuse » chez la jeune fille ou « paralysée par la prudence » chez la femme de manière générale lorsqu'elle n'a pas une confiance absolue en son partenaire.

Les femmes surréalistes soulèvent quant à elles, sans surprise, l'opprobre de leurs homologues masculins et se font qualifier, entre autres, de « petites coucheuses » (Robert Poulet).

La vague féministe des années 1970 s'accompagne d'un renouveau impressionnant de la littérature érotique. Le désir est souvent associé au militantisme. L'idée d'une « écriture femme » émerge : puisant ses ressources dans le corps organique féminin, les règles notamment (Xavière Gauthier, *Rose saignée*, 1974). À partir des années 1980, la littérature érotique écrite par les femmes explose, tout comme les maisons dédiées à ce genre (on pense à La Musardine) et à l'autofiction (prostituées...) avec des autrices comme Virginie Despentes ou Grisélidis Réal...

Voici un petit florilège de certaines « rebelles », que je n'ai pas abordées précédemment mais auxquelles on doit beaucoup, de Jane Austen à Colette. Ces femmes écrivaines ont toutes contribué à la littérature en explorant et en dépeignant les différentes

facettes de l'amour à travers les époques, offrant des perspectives riches et nuancées sur les relations et les émotions amoureuses :

Jane Austen (1775-1817) : Austen est reconnue pour ses romans classiques, tels qu'*Orgueil et Préjugés* et *Raison et Sentiments*. Ses écrits dépeignent souvent les relations amoureuses et les mariages de l'époque, en mettant en lumière les obstacles sociaux et les luttes des femmes pour trouver le bonheur amoureux.

« ***Depuis le commencement, je pourrais dire dès le premier instant où je vous ai vu, j'ai été frappée par votre fierté, votre orgueil et votre mépris égoïste des sentiments d'autrui. Il n'y avait pas un mois que je vous connaissais et déjà je sentais que vous étiez le dernier homme du monde que je consentirais à épouser***[26]. »

George Sand (1804-1876) : nous l'avons vu, l'écrivaine française a abordé de nombreux sujets, dont l'amour, la passion et l'émancipation des femmes, dans ses romans et ses essais. Son roman *La Mare au diable* est un exemple notable qui explore les liens affectifs et les enjeux amoureux.

« ***Il se disait vaguement que l'amour eût pu le consoler, en venant le surprendre, car l'amour ne console pas autrement. On ne le trouve pas quand on le cherche ; il vient à nous quand nous ne l'attendons pas***[27]. »

Virginia Woolf (1882-1941) : Woolf est considérée comme l'une des plus grandes écrivaines du

26. **Jane Austen**, *Orgueil et Préjugés*, Folio.
27. **George Sand**, *La Mare au diable*, Les classiques de poche.

XXe siècle. Son roman *Mrs Dalloway* aborde des thèmes tels que l'amour, la perception de soi et la condition féminine. Ses écrits offrent des réflexions profondes sur l'expérience humaine, y compris les dynamiques amoureuses.

« ***Elle avait lu une pièce merveilleuse sur un homme qui écrivait en grattant le mur de sa cellule, et elle avait trouvé qu'il en allait de même dans la vie – on grattait un mur. Désespérant de relations humaines (les gens étaient si difficiles), elle allait souvent dans son jardin pour trouver dans ses fleurs une paix que ni homme ni femme ne pouvait lui donner***[28]. »

Colette (1873-1954) : cette autrice française prolifique est célèbre pour ses œuvres telles que *Claudine à l'école* et *Chéri*. Ses écrits explorent l'amour, la sexualité et la liberté des femmes dans des récits audacieux et sensuels, abordant des sujets qui étaient souvent considérés comme tabous à l'époque.

« ***Ces abandons de l'après-midi l'écœuraient. Jamais son jeune amant ne l'avait surprise défaite, ni le corsage ouvert, ni en pantoufles dans le jour. "Nue, si on veut, disait-elle, mais pas dépoitraillée***[29]***."*** »

28. **Virginia Woolf**, *Mrs Dalloway*, Gallimard.
29. **Colette**, *Chéri*, Le Livre de Poche.

PARTIE III

L'AMOUR DURE-T-IL VRAIMENT TROIS ANS ?

Déjà, les papillons dans le ventre, cette envie de chanter et comme le dit si bien Édith Piaf : « Voir la vie en rose »... ce ne sont ni plus ni moins que nos hormones qui nous envahissent, et qui nous « manipulent » à notre insu.

Ces réactions chimiques et biologiques se produisent dans le corps lorsqu'une personne ressent des émotions romantiques et amoureuses envers une autre. Cette expérience est influencée par des hormones et d'autres substances chimiques qui agissent dans le corps comme un filtre. La faute aux deux neurotransmetteurs que libère votre cerveau : la dopamine et la norépinéphrine. Vous mettez vos lunettes roses, et ressentez une sensation de bien-être qui commence à vous rendre accro à cet amour, « cet objet du désir ». Eh oui, comme quoi nous pouvons nous faire avoir par notre « chimie intérieure ».

À l'inverse, on entend aussi parler poétiquement d'« automne du couple ». C'est la fin du travail de sublimation opéré par nos hormones, on découvre l'autre, et lui nous voit avec nos blessures, nos ombres et notre lumière. Peut-être avez-vous remarqué que c'est souvent la phase de « bascule » dans la relation. Et pour cause : l'attirance physique des débuts ne suffit plus, et si nous ne partageons rien d'autre, l'ennui peut très vite s'installer. La clé est alors de s'ouvrir à son partenaire et d'évoluer avec lui. Établir une véritable intimité relationnelle, tomber les masques. Saisissons cette chance, qui nous permet d'évoluer !

EN CE QUI CONCERNE LES FEMMES, VOICI QUELQUES HORMONES CLÉS POUR BIEN COMPRENDRE LA CHIMIE AMOUREUSE

L'ocytocine : souvent appelée « l'hormone de l'attachement » ou « l'hormone de l'amour », elle joue un rôle crucial dans la formation des liens émotionnels et sociaux. Elle est libérée lors de l'intimité physique, telle que les câlins, les baisers et les rapports sexuels. L'ocytocine renforce les liens émotionnels et peut contribuer à créer un sentiment de proximité et de sécurité entre les partenaires. **La dopamine** est souvent associée au plaisir et à la récompense. Lorsqu'une femme est attirée par quelqu'un, son cerveau peut libérer davantage de dopamine, ce qui provoque des sensations de bonheur, d'excitation et de plaisir. Cette sensation peut être renforcée lorsque la personne aimée est présente ou que des interactions positives se

… /…

produisent. **La sérotonine** est liée à la régulation de l'humeur et des émotions. Des niveaux plus élevés de sérotonine sont souvent associés à des sentiments d'euphorie et de bien-être. Cependant, les variations de sérotonine peuvent également contribuer aux sautes d'humeur et aux pensées obsessionnelles fréquemment observées au début d'une relation amoureuse. **L'adrénaline**, également connue sous le nom d'« hormone du stress », peut jouer un rôle dans la sensation de papillons dans l'estomac et d'excitation lorsque l'on est près de la personne aimée. Elle peut également contribuer à l'élévation du rythme cardiaque et à une sensation d'énergie accrue. Et enfin **la testostérone** : bien que généralement considérée comme une hormone masculine, elle est également présente en quantités moindres chez les femmes. Elle peut jouer un rôle dans l'attirance, la libido et la confiance en soi pendant les phases amoureuses. Il faut stimuler quelques-uns des milliers de récepteurs sensitifs présents sur la peau (grâce à des caresses, des baisers) ; ces sensations se transforment en messages envoyés aux centres cérébraux du plaisir ; en retour (comme nous l'avons vu), le cerveau libère différentes substances : des endorphines (aux effets euphorisants et antistress), de l'ocytocine (l'hormone de l'attachement) et de la dopamine (neurotransmetteur clé du système de récompense)

... /...

qui nous aident à nous sentir bien. Vous l'avez remarqué, la chimie amoureuse est complexe et peut être influencée par divers facteurs tels que la génétique, les expériences personnelles, les croyances culturelles et les circonstances individuelles. Les émotions et les réactions varient d'une personne à l'autre, et il n'existe pas (heureusement) de formule unique pour décrire toutes les facettes de la chimie amoureuse (sinon on veut bien la recette !).

LE DÉSIR CHEZ LA FEMME

« Tu me tues, tu me fais du bien », voici ce que fait dire la Française à son amant japonais, sous la plume de Marguerite Duras, adapté au cinéma par le réalisateur Alain Resnais dans *Hiroshima mon amour*. Cette violence du désir et des mots reflète bien l'expression « tomber amoureuse ». On retrouve la notion de « chute » mais, comme le souligne Laure Adler, une forme de « déshabitation de soi ».

Pendant longtemps (comme nous l'avons vu plus haut), les femmes n'étaient pas autorisées à exprimer leur désir. Ce n'était (une fois de plus) qu'une affaire d'hommes. Leur unique droit : pleurer, comme le montre le nombre incalculable de « Mater Dolorosa » dans l'histoire de l'art. Une seule échappe à la règle : celle désignée pour avoir conçu l'Enfant Jésus sans rapport sexuel, je parle bien sûr de la Vierge Marie.

Partons de ce constat qui mérite d'être rappelé : le désir féminin est une expérience subjective et peut varier considérablement d'une femme à l'autre. Chaque femme peut avoir des préférences, des fantasmes et des motivations différents en matière de désir sexuel. Il est crucial de reconnaître et de respecter la diversité du désir féminin. Celui-ci est souvent influencé par des facteurs psychologiques et émotionnels tels que la confiance, la sécurité et la connexion avec le partenaire.

Les facteurs biologiques, tels que les niveaux d'hormones et leur fluctuation au cours du cycle menstruel, peuvent également jouer un rôle dans le désir féminin. Cependant, il est important de noter que le désir sexuel ne se réduit pas uniquement à des facteurs biologiques et qu'il est influencé par des éléments psychologiques, sociaux et culturels. Les attitudes et les normes sociales entourant le désir féminin varient d'une culture à l'autre. Les croyances religieuses, les normes sociales et les constructions culturelles de la féminité peuvent toutes exercer une influence sur la façon dont le désir féminin est perçu et exprimé.

La recherche sur le désir féminin est en constante évolution, et les avancées scientifiques continuent de fournir des informations plus précises et nuancées. Cependant, il existe encore des défis pour étudier le désir féminin en raison de la complexité du sujet et des obstacles sociaux et culturels. Il est en tout cas essentiel de reconnaître et de respecter la diversité de ce désir et d'encourager une communication ouverte et respectueuse entre les partenaires pour une expérience sexuelle épanouissante.

Si aujourd'hui les femmes s'autorisent à s'aventurer sur ce terrain du désir et de l'amour longtemps confisqué par le sexe masculin, c'est aussi grâce à de nombreuses artistes, comme Louise Bourgeois. Une dame dont on a attendu qu'elle atteigne un âge respectable pour découvrir l'œuvre. Cela rejoint la question de la ménopause : les femmes artistes seraient plus reconnues lorsqu'elles ne peuvent plus enfanter ni « capturer »/séduire un homme. Elles se consacreraient ainsi uniquement à leur art.

Pour Simone de Beauvoir, le comportement des femmes est bien différent de celui des hommes… « Le désir mâle est aussi fugace qu'impérieux : une fois assouvi il meurt assez vite, tandis que c'est souvent après l'amour que la femme devient sa prisonnière. »

Et comme le rappelle Laure Adler : « Les femmes amoureuses sont dangereuses car elles peuvent perturber par la force de leur désir le déséquilibre dit naturel qui s'est instauré entre les deux sexes depuis l'aube de l'humanité et on les sent capables de parvenir quelquefois à le rétablir ou même à l'inverser… Une femme amoureuse en vaut cent. Par sa puissance sexuelle et son intelligence du cœur, elle peut, en se donnant à celui qu'elle a choisi, le capturer dans les rets de son désir et faire de lui son égal, voire son esclave. Le désir de la femme a toujours été perçu, et sous toutes les latitudes, plus fort, plus ensorcelant, plus mystérieux que le désir des hommes. »

UN PEU D'ANATOMIE

Savez-vous que l'anatomie complète du clitoris n'a été révélée qu'à l'aube des années 2000 ? Grâce à une chercheuse australienne. Curieux que cet organe, le plus sensible du corps humain,

… /…

avec ses huit mille terminaisons nerveuses, soit aussi le plus méconnu. Si on connaissait sa présence (des manuels du Moyen Âge en parlent et les femmes grecques savaient très précisément où et comment cela se passait...), tout sera replongé dans un obscurantisme total jusque dans les années 1950.

Pourquoi le sexe de la femme, qui procure plaisir et naissance aux hommes, nourrit-il leurs peurs et attise-t-il autant le désir que la haine ? Ce rapport des hommes à cet organe est l'une des plus grandes énigmes de l'histoire de l'humanité.

Lorsqu'on lit l'histoire du XIXe siècle français, on se rend compte que les médecins pratiquaient l'excision dans les grandes capitales européennes pour « guérir » de la nymphomanie, de l'hystérie, et de toutes sortes de maladies dites « féminines », cela a de quoi profondément choquer. Dans son excellent livre, *La Chair interdite* (Albin Michel), l'écrivaine Diane Ducret explique : « *Dès que le monde est en crise, c'est vers l'entrejambe des femmes que l'homme se tourne*, explique-t-elle. *J'ai remarqué que dès lors qu'il y a des périodes où la société va bien, avec de grandes phases de stabilité, le plaisir féminin et sa sexualité sont plutôt recherchés et la maternité est vécue librement. En revanche, lorsque nous sommes en train de traverser une crise financière,*

... /...

économique, morale ou politique, lorsque les piliers de la société vacillent, l'homme ressent le besoin de resserrer politiquement le poing sur le sexe de la femme et de dire "ceci est à moi". C'est toujours à ces moments-là que l'on réaffirme le rôle biologique de la femme et de la mère. C'est ce qui va se passer par exemple après le chaos de la Révolution française : avec le Code Napoléon, la femme devient la propriété du mari. »

UNE QUESTION D'ENVIE

Entre les fluctuations hormonales, la fatigue, les enfants, le temps, et le reste… pas si simple. Alors que le ciel n'est pas plus bleu qu'un autre jour, pourquoi a-t-on envie, pas envie, et surtout quand ? Il semblerait que le plus important reste le défi hormonal. Avouons-le, sauf pour quelques chanceuses (et les femmes non ménopausées), ce sont bien les règles qui rythment la vie, deux à cinq jours par mois, où l'on est déprimées, nerveuses, avec souvent l'envie de tout envoyer balader ! Sinon la grande question reste toujours la même : se donner les moyens de retrouver l'envie d'avoir envie… (ça ne vous dit rien ?). Car l'envie est l'expression d'un choix, d'une liberté que l'on peut alimenter grâce à l'imagination, des rêves, des fantasmes, il s'agit véritablement d'un levier. Pour que cela ne soit pas trop intellectualisé, il faut choisir d'alimenter ce désir pour vivre pleinement la relation dans le corps. Et faire le choix de ne pas alimenter ces pensées qui nous éloignent de l'autre (pas toujours facile, je vous l'accorde !).

Comme nous le confie Roland Barthes : « Le fantasme aide à passer n'importe quel temps de veille ou d'insomnie ; c'est un petit roman de poche que l'on peut ouvrir partout sans que personne n'y voie rien[30]. »

Si les ouvrages consacrés au désir tout comme les tentatives presque « chirurgicales » pour le disséquer et tenter de percer son mystère persistent, je préfère retenir quant à moi trois aspects du désir, qui correspondent aux trois dimensions de la personne : la pulsion sexuelle qui naît dans le corps, le désir émotionnel provenant du cœur, et « l'envie », plus mentale, qui naîtrait dans la tête. Il est vrai qu'on retient souvent la plus évidente, et souvent la plus spontanée : la pulsion sexuelle (souvent confondue avec le désir sexuel). Pourtant la pulsion humaine est bien autre chose qu'un simple désir « instinctif ». En ce qui concerne le désir émotionnel, en se connectant à notre ressenti, la bonne nouvelle, c'est que l'on peut créer les dispositions affectives à ce type de désir ! Il faut pour cela accueillir ses émotions et choisir lesquelles nous alimentons, et ajuster ainsi notre désir sexuel, afin de vivre des relations où ce désir d'aimer et d'être aimée devient un véritable lieu de rencontre…

Il n'y a pas très longtemps, je suis tombée sur ce petit quiz inspiré du magazine *Cosmopolitan*, que j'ai trouvé plutôt bien fait, je vous laisse juger :

Le désir a-t-il une durée de vie limitée ?

Au début, Marie ne se pose pas de questions, elle a envie de Jérôme tout le temps. Elle éprouve ce

30. **Roland Barthes**, *Roland Barthes par Roland Barthes*, Points Essais.

besoin animal de se rapprocher physiquement de lui. Leurs corps font connaissance. C'est marrant, « connaître », dans la Bible, ça veut dire « faire l'amour avec ». Et au bout de quelques mois, quand elle connaît bien Jérôme, elle a l'impression que son corps se calme, qu'il est soudain moins demandeur. Pourtant, elle l'aime comme au premier jour, plus même. Alors c'est quoi le problème ? Y a-t-il un problème ?

C'est quoi le désir ?

Quand il se présente, ce désir est bestial, sauvage, presque déconnecté de soi. Le reste du temps, son désir puise son énergie dans d'autres motivations, plus psychologiques : l'envie de dire « je t'aime » avec son corps, l'envie de tester de nouvelles expériences avec lui, le plaisir de le retrouver après une absence.

Marie a alors le désir câlin, elle veut de la douceur, de la lenteur, les yeux dans les yeux. Existe-t-il plusieurs désirs ? L'un qui serait un besoin physique et l'autre une réaction psychologique ? Le désir du corps est-il plus « réel » que celui de la tête ? Dans le sexe, la tête et le corps peuvent-ils fonctionner l'un sans l'autre ?

Ou peut-être n'existe-t-il qu'un seul et même désir avec différents degrés, modulable à la fois par le corps et la tête ?

J'ai envie de lui ou j'ai envie tout court ?

Marie projette presque toujours son désir sur lui – sauf quelques exceptions avec Louis Garrel, dans ses rêves. Est-ce lui qui fait naître son désir ? Ou le désir est-il là d'abord, et elle ne fait que le reporter sur celui qu'elle aime ?

Avant d'être avec lui, elle n'avait pas envie aussi souvent : c'est bien qu'il lui inspire le désir, non ? Avant, pour avoir envie, elle devait penser à quelqu'un. Mais quelques rares fois, elle avait envie tout court, comme une pulsion.

Qu'est-ce qui fait naître le désir ?

Il y a une chose déjà : le fait d'avoir quelqu'un.

Ensuite, il y a son corps, qui favorise le désir à condition que Marie soit détendue, pas stressée, pas trop fatiguée. Elle a aussi très envie pendant sa période de règles.

Il y a également des situations aphrodisiaques : des lieux inédits – une forêt déserte ou un jacuzzi –, le retrouver après une semaine d'absence, changer de lit, regarder un film érotique, se retenir de faire du bruit parce qu'il y a du monde dans la pièce d'à côté, une bouteille de vin, une déclaration d'amour de sa part, un rêve érotique…

En fait, c'est un peu tout et n'importe quoi. Le désir change sans cesse d'inspiration. Et selon les personnes, les inspirations divergent. Quand certaines copines lui parlent de leurs fantasmes, elle a du mal à comprendre.

Pire : quand Marie entend parler de certains fétichismes, là, ça la dépasse complètement. Le désir peut-il aliéner ? Peut-il nous pousser au-delà de nos propres limites ?

Pourquoi je n'ai pas envie ?

Parfois, Marie a envie d'avoir envie et pourtant, ça ne vient pas. Je repense à ce qu'une amie m'a dit : « Il paraît que la pilule diminue le désir. » D'ailleurs, elle l'a arrêtée récemment, pour voir, et elle m'a confirmé : « J'ai retrouvé l'excitation de nos débuts ! »

C'est un effet placebo ou c'est vraiment physiologique ?

Mon désir est fragile

Il suffit qu'il repousse ses avances une fois pour qu'elle se ferme pendant des heures. Et quand, finalement, il a bien réfléchi, il a soudain très envie, mais Marie s'est vite refroidie.

Lui a besoin d'assouvir son désir grandissant, elle a besoin… de preuves d'amour ? D'attendre le bon moment ? En fait, je crois que le désir est d'abord dans sa tête. Le sien est un peu dans la tête et surtout plus bas.

C'est du désir ou de l'amour ?

Il n'est pas là. Quand Marie pense à lui, elle a le sourire aux lèvres et une bouffée d'amour l'envahit. Elle a soudain très envie de lui. Serait-elle en train de confondre désir et amour ? À moins que l'amour ne soit le moteur de son désir ?

À l'inverse, il lui est arrivé de ressentir des montées de désir devant un inconnu et d'imaginer que c'était le coup de foudre, l'amour au premier regard. Le désir pourrait donc mener à l'amour ? Ou seulement induire en erreur…

Par ailleurs, elle a déjà ressenti des sentiments quasi amoureux pour quelqu'un sans pouvoir l'imaginer une seule seconde dans mon lit.

À tort ? Y a-t-il une bonne équation entre l'amour et le désir dans un couple ? Peut-être que le fait de ressentir les deux sans pouvoir les distinguer est présage de réussite[31] ?

31. www.cosmopolitan.fr/,mes-questions-sur-le-desir-sexuel,2510860,1526092.asp.

LE PLAISIR DE LA FEMME AUJOURD'HUI

Vers 40 ans beaucoup d'interrogations surgissent : les relations avec les partenaires, l'absence de plaisir, la masturbation. « Beaucoup de femmes culpabilisent sur les questions de libido qui fluctuent avec le temps et les douleurs pendant le sexe », explique la sexologue Charline Vermont.

Selon elle, « Beaucoup de femmes de ma génération [elle est née en 1983] ont grandi dans un modèle très tracé : il fallait plaire aux hommes, on répétait que le sexe, c'était le ciment du couple, et beaucoup ont vécu des sexualités que je décrirais comme subies et peu épanouissantes. Alors qu'en réalité, le sexe est une manière de se connecter à soi et aux autres qui peut procurer énormément de plaisir, mais pour beaucoup de femmes ça a basculé du côté obscur ». Constat glaçant : comme si on avait mangé toute sa vie un steak frites, alors que les pâtes ou pizzas existent ! Améliorer son plaisir reste possible à tout âge, encore faut-il pouvoir entamer la discussion avec son partenaire, et que son ego ne prenne pas le dessus sur votre plaisir (et donc votre santé)... Une façon de cultiver ce qui est bien au-delà du sexe, le ciment du couple : l'intimité. Oui, messieurs ! (Car vous méritez le meilleur, mesdames !!!)

Un petit rappel historique du devoir conjugal…

Les règles concernant l'acte sexuel ont mis du temps à être « ajustées », en tout cas dans le domaine religieux. Si la question de la virginité laisse la place à l'horizon maternel, la *copula carnalis* (union charnelle entre époux) fait des recommandations et des mises en garde précises. Certes, le plaisir conjugal est souvent célébré, et notamment dans le Cantique des cantiques, l'un des livres de la Bible. Une ode aux plaisirs du corps, une glorification de l'érotisme nuptial que certains ont pu croire écrit par une femme, tant il laisse de place au désir féminin. Ce texte met en scène un dialogue (peut-être fantasmé) entre un « Il » et une « Elle », qui se plaisent à fantasmer avant de se jeter dans les délices de l'assouvissement :

> « Comme sont beaux tes pieds dans les sandales,
> fille de noble !
> Les contours de tes hanches sont comme des
> anneaux, œuvre de mains d'artiste.
> Ton nombril est une coupe en demi-lune […]
> Ton abdomen est un monceau de blé bordé de lis.
> Tes deux seins sont comme deux faons, jumeaux
> D'une gazelle […]
> Que tu es belle, et que tu es gracieuse, amour, fille
> Délicieuse !
> Ta stature que voici est comparable à un
> palmier ; et
> Tes seins à des grappes » (Cantique des cantiques,
> VII, 2-8).

Dans le judaïsme, la sexualité entre époux est toujours considérée comme une bénédiction divine, tout d'abord parce qu'elle porte en elle un fruit célébré par la tradition juive : la procréation. Rien de mauvais ni honteux ici donc (le judaïsme n'a jamais condamné le péché de chair), il s'agit avant tout d'une pratique sociale, d'un devoir communautaire.

> « Dieu créa l'homme à son image, il le créa à l'image de Dieu, il créa l'homme et la femme. Dieu les bénit, et Dieu leur dit : Soyez féconds, multipliez, remplissez la terre » (Genèse, I, 26-28).

Et, fait important : si le mariage et la sexualité procréative sont reconnus comme une *mitsva*, un précepte (le plaisir conduirait d'ailleurs également à la naissance d'enfants beaux et sains), l'épanouissement est considéré comme essentiel :

> « Nous qui sommes du parti des fidèles de la sainte Torah, nous croyons que le Nom (béni soit-Il) a tout créé d'après le décret de sa sagesse et qu'il n'a rien créé qui recélerait du vil ou du laid. Et si nous avions dit que la relation [conjugale] est quelque chose de vil, il en résulterait que les organes sexuels sont des organes répugnants, or c'est le Nom qui les a créés, comme il est dit : "C'est Lui qui t'a fait et qui t'a établi[32]." »

Il est en outre permis, et même encouragé, d'avoir des relations sexuelles avec une femme enceinte, stérile ou ménopausée – donc incapable de procréer. Car celle-ci a le *droit* de satisfaire son désir sexuel (*onah*) – étonnante modernité d'une règle ancestrale.

32. *L'Excision*, PUF, coll. « Que sais-je ? », 2003.

En revanche, il faudra attendre la naissance du protestantisme (XVIe siècle) pour que des propos de cet ordre soient à nouveau prononcés chez les chrétiens. À l'instar des rabbins, Calvin clame que le plaisir sexuel entre époux est un don de Dieu :

> « Au reste, ce que Dieu permet à une jeune femme de s'éjouir avec son mari est une approbation de sa bonté et douceur infinie. Pour vrai il ne peut se faire qu'il n'y ait de l'intempérance de la chair, laquelle rende la compagnie de l'homme et de la femme vicieuse. Or non seulement Dieu pardonne tout ceci, mais il le couve du voile du saint mariage à ce qui était vicieux ne soit point imputé ; voire, quand il daigne bien descendre jusque-là, d'octroyer au mari et à la femme de s'ébattre ensemble[33]... »

En Islam là encore, le plaisir ne constitue en rien un péché, bien au contraire, tant qu'il ne détourne pas du culte à rendre à Dieu. Il faut souligner qu'en arabe, l'union du mariage se dit *nikâh*, c'est-à-dire... « coït ». Nulle trace de culpabilité ou de péché, la sexualité qui remplit là aussi une fonction sacrée est plus volontiers regardée comme un jeu. Un jeu qui, selon certaines sourates du Coran, paraît néanmoins laisser l'homme seul maître aux commandes :

> « Vos femmes sont pour vous comme un champ de culture. Allez à vos champs comme bon vous semble et accomplissez à l'avance quelque œuvre méritoire pour vous-mêmes » (Sourate 2, v. 223).

Luther et Calvin promeuvent, nous l'avons dit, le plaisir conjugal. Mais tout le christianisme n'a pas

33. *Slate*, 28 août 2009.

une relation aussi ouverte avec lui. Pourtant, Jésus le célibataire n'a jamais proclamé la supériorité de cet état sur celui du mariage. Mais il est clair, pour les Pères de l'Église, que le mariage est toléré comme un mal nécessaire, bien loin de leur idéal représenté par la virginité, comme on l'a vu, vouée à Dieu. Le devoir conjugal est d'ailleurs appelé *debitum* (« dette »), comme s'il s'agissait d'un poids dont il faut, bon gré mal gré, se débarrasser périodiquement. Saint Paul ne dit pas autre chose :

> « Il est bon pour l'homme de s'abstenir de la femme. Toutefois, en raison du péril d'impudicité, que chaque homme ait sa femme à lui et que chaque femme ait son propre mari [...] mieux vaut se marier que brûler » (I Corinthiens, VII, 1-9).

Voilà d'ailleurs pourquoi, jusqu'au Ve siècle environ, ni le prêtre ni l'évêque n'organisent la cérémonie de mariage, à laquelle ils n'y assistent qu'en qualité de témoins. De fait, en Occident, jusqu'au XIIe siècle, le mariage n'est pas un sacrement au même titre que le baptême, l'eucharistie ou la pénitence. Il faut attendre le XIVe siècle pour que la bénédiction nuptiale devienne obligatoire. Et le mariage des prêtres ne sera interdit qu'au XIIe siècle !

Un espace inégalitaire

Le mariage a beau unir deux créatures devant Dieu, toutes les religions s'accordent à considérer que l'une des deux (l'homme) est plus « proche » de Lui que l'autre. Et il faut bien l'admettre, le mariage a longtemps été le lieu de la domination des femmes par les hommes. Dans la Bible, cette domination est une donnée présentée comme naturelle, dans la mesure où la première femme, Ève, est créée par Dieu à partir de la côte d'Adam, ce qui est mal traduit, comme nous le rappellent Annick de Souzenelle[34] et les rabbins, c'est du côté qu'il s'agit !

> « Celle-ci, on l'appellera femme [*isha*], car c'est de l'homme [*ish*] qu'elle a été prise » (Genèse, III, 21-23).

Pourtant, la première version du récit de la Genèse donne une vision plus égalitaire, expliquant que « Dieu créa l'humanité à son image, mâle et femelle il les créa » (Genèse, I, 27). Mais cette version n'a pas été retenue par les Pères de l'Église. La femme est donc regardée comme une « extension » de l'homme, destinée à l'aider et à le soutenir. Mais il y a plus : la domination féminine est aussi une punition divine consécutive à la Faute – car c'est Ève qui, la première, croque dans le fruit défendu. Furieux contre elle, Dieu laisse tomber Son verdict : « Ton désir te poussera vers ton homme, et lui te dominera » (Genèse, III, 16).

Vision singulière du désir féminin dont la femme est, en quelque sorte, prisonnière, et qui rend nécessaire sa domination par l'homme. Comment expliquer cette peur panique que semble inspirer aux hommes la gent féminine dans toutes les religions ? À en croire l'anthropologue des religions Michel Cazenave, cette angoisse « fait partie de la structure masculine en tant que telle [...]. La jouissance féminine qui est cent fois supérieure à celle de l'homme le dépasse complètement [...]. Les hommes sentent bien que la jouissance féminine se situe du côté de l'infini,

34. **Annick de Souzenelle**, *Le Féminin de l'Être*, Albin Michel, 2020.

qu'il n'y a pas de clôture, pas de limites. Les femmes sont ouvertes à quelque chose qui est de l'ordre de l'extase divine. De ça, ils ont peur[35] ».

La question de la soumission des femmes – par nature pécheresses – dans l'institution du mariage est aussi un thème récurrent dans l'enseignement des premiers chrétiens, notamment celui de saint Paul qui, au Ier siècle, fut le grand castrateur de la liberté féminine :

> « Femmes, soyez soumises à vos maris comme au Seigneur. Car le mari est le chef de la femme comme le Christ est le chef de l'Église, lui le Sauveur de son corps. Mais comme l'Église est soumise au Christ, que les femmes soient soumises en tout à leurs maris » (Éphésiens, V, 22-24).

Si le Coran est plutôt moins machiste que les sociétés méditerranéennes du VIIe siècle, le siècle de Mahomet, il réaffirme lui aussi, et sans fard, la supériorité conjugale de l'homme sur la femme :

> « Les hommes ont autorité sur les femmes, en raison des [qualités] par lesquelles Dieu vous a élevés les uns au-dessus des autres [...]. Les [femmes] vertueuses sont sobres et maintiennent intact en l'absence de leur mari ce que Dieu a prescrit de conserver [ainsi]. Exhortez celles dont vous redoutez l'insubordination. Reléguez-les dans des lits à part et sévissez contre elles. Si elles vous obéissent, ne leur cherchez plus querelle. En vérité Dieu est très haut et très grand » (Sourate 4, v. 34).

---

35. Marcel Bernos, Jean Guyon, Charles de Roncière et Philippe Lécrivain, *Le Fruit défendu. Les chrétiens et la sexualité de l'Antiquité à nos jours*, *op. cit.*

> « Les femmes ont des droits équivalents à leurs devoirs, en toute honnêteté. Les hommes sont à un degré au-dessus des femmes » (Sourate 2, v. 228).

Et les menstruations…

Autre interdit commun aux religions : les règles féminines, considérées comme impures, constituent un moment où les rapports intimes sont prohibés.

> « On te posera la question sur la menstruation [des femmes]. Réponds : "C'est une souillure." Ne vous approchez pas d'elles durant la menstruation ; n'ayez point de rapport charnel avec elles tant qu'elles sont en état d'impureté. Quand elles se seront purifiées, reprenez vos rapports avec elles suivant ce que Dieu vous a prescrit » (Sourate 2, v. 222).

Dans l'Islam, une femme qui a ses règles doit suspendre sa pratique religieuse : elle ne peut ni jeûner, ni faire la prière, ni manipuler, ni réciter le Coran. Elle ne peut pas davantage entrer dans un bâtiment du culte ni en toucher le mobilier. Son pèlerinage à La Mecque est par ailleurs invalidé si elle a ses règles durant cette période. Elle doit attendre la fin de celles-ci pour se purifier par de grandes ablutions. Lorsqu'une femme a ses règles pendant le ramadan, elle ne doit pas jeûner, mais ces jours manqués étant considérés comme une dette vis-à-vis de Dieu, ils devront être rattrapés avant le prochain ramadan.

Le judaïsme se montre, lui aussi, fort vigilant sur la pratique religieuse et sexuelle durant les règles :

> « Quand une femme est atteinte d'un écoulement, que du sang s'écoule de ses organes, elle est pour sept jours dans son indisposition, et quiconque

> la touche est impur jusqu'au soir » (Lévitique, XV, 19).
> « Quand un homme couche avec une femme qui a ses règles [...] ils seront tous les deux retranchés au sein de leur peuple » (Lévitique, XX, 18).

Pour les juifs, on parle d'« impureté symbolique » : la femme vit en elle, lors de l'expulsion d'un ovule non fécondé, et vit donc l'expérience d'une « petite mort » biologique. La femme est donc *nidda*, « exclue » de la couche conjugale durant sept jours. Le couple se sépare et aucun contact physique ne peut alors avoir lieu. « C'est comme si la Torah avait horreur de la routine qui est en fait la plus grande forme de perversité dans le rapport entre l'homme et la femme, et qu'il fallait, au contraire, apprendre à l'homme et la femme à se redécouvrir. La période de la *niddaq* est une occasion de se comprendre dans la complicité des regards et de l'éloignement pour retrouver ensuite la proximité du geste », souligne le rabbin Joseph Sitruk. La *niddaq*, la période menstruelle, s'achève lorsque l'épouse s'immerge dans le bain rituel, le *mikvé*, et accomplit une prière demandant à Dieu de sanctifier l'union prochaine avec son mari. Mais si l'on se base sur une période de menstruation de cinq jours, l'abstinence doit s'étendre à une période de sept jours consécutive à l'arrêt des saignements. Cette pratique, autrefois très répandue, a tendance à se raréfier. Il demeure aujourd'hui une dizaine de ces bains rituels à Paris, une trentaine en région parisienne et plus de mille deux cents en Israël, mais il est assez rare d'en trouver dans les communautés libérales, notamment aux États-Unis.

Le christianisme, on s'en doute, n'est pas en reste concernant les précautions à prendre en période de menstruations. Saint Jérôme n'hésite pas à avertir des conséquences tragiques de relations en période de règles : « Si l'homme, dans cette phase anormale de la vie des femmes, cohabite avec l'une d'elles, la conception qui en résulte est viciée, dit-on, par l'impureté de sa source ; de telle sorte que les lépreux proviennent, selon l'opinion commune, d'une pareille cohabitation, de même que les enfants affligés dès leur naissance de difformités monstrueuses. [...] Que l'épouse entraînée par sa passion se garde donc de provoquer son mari ; que le mari à son tour, dans la coupable pensée qu'il peut disposer en tout temps des désirs de sa femme, se garde d'être trop exigeant. »

La participation des femmes à la liturgie pendant la période de leurs règles a par ailleurs été longtemps questionnée : il faudra attendre la Renaissance pour que celles-ci puissent entrer dans les églises et communier, sans que cela ne suscite plus de discussions au sein du clergé.

LE MYSTÈRE DE LA JOUISSANCE DE LA FEMME

> « La femme est recouverte d'un manteau de zones érogènes.
>
> Dr Gérard Leleu

Tout d'abord, on ne le répétera jamais assez, surtout pour les femmes : prendre du plaisir se construit et s'apprend tout au long de la vie. Pour Serge Wunsch, docteur en neurosciences et chercheur en psychobiologie : « Si le plaisir procuré par le pénis et le clitoris est inné, de nombreuses parties du corps peuvent être sources d'excitation sexuelle si on apprend à les stimuler, à les éveiller [...]. Et le corps, la peau changent tout au long de la vie. Le système nerveux évolue, se renouvelle[36]. » Ce n'est jamais fini ? « Bonne nouvelle : il y a donc une gamme illimitée de sensations à découvrir ! »

36. *Marie France*, août 2015.

Dans cette valse à trois temps du plaisir, tout part du corps, passe par la tête, avant de revenir dans le corps...

DU CÔTÉ DU PORNO…

Fait paradoxal : alors que les dérives de l'industrie du X sont de plus en plus dénoncées (accès sans contrôle pour les mineurs, ravages du *revenge porn*, violences faites aux femmes dans des scénarios de plus en plus avilissants), les femmes en sont de plus en plus de grandes consommatrices. Parmi les principaux acteurs de cette explosion de la consommation féminine, le lancement du site YouPorn en 2006 qui connaît très vite un succès foudroyant.

En France, d'après une récente étude de l'Ifop, c'est le cas de 37 % d'entre elles. Elles auraient même tendance à être de plus en plus nombreuses. Ainsi, les statistiques de Pornhub révèlent qu'en France le pourcentage de spectatrices a augmenté de 4 points en 2022 sur leur plate-forme, pour atteindre 32 %. Un tiers des visionneurs dans le monde sont donc des visionneuses, ce que révèlent les données recueillies par la plate-forme : les scènes de missionnaire romantiques ont moins de succès que les contenus trash. La probabilité qu'une femme présente sur Pornhub regarde des scènes hard-core est ainsi 34 % plus élevée que pour un homme ; et 29 % plus élevée pour la catégorie *gang-bang*. Un vrai paradoxe entre la violence des mises en scène et cet attrait des femmes pour ces sites aux images souvent misogynes. Une plate-forme de porno pour les femmes a même été créée. « Bellesa », c'est son nom, offre à ses clientes un contenu plus sensuel et moins hard que les productions conçues pour un public masculin. Mais selon l'écrivaine Camille Emmanuelle[37], la vraie révolution pour des contenus moins violents viendra des femmes, « En tout cas elle ne pourra avoir lieu que si elles s'approprient la *sex tech* [le domaine des technologies autour de la sexualité] au lieu de la laisser aux mains des mâles[38] ». Espérons que le message passe.

La consommation de pornographie soulève également des questions sur l'éducation sexuelle et la nécessité d'aborder ces sujets de manière ouverte pour aider à naviguer dans les complexités de la sexualité moderne. L'ordinateur et le smartphone sont les principales portes d'entrée, en deux clics, du X. Sachant que 45 % des 10 à15 ans possèdent un smartphone, mais la visite de ce genre de sites en ligne n'est pas toujours volontaire. Les fenêtres « pop-up », qui envahissent les écrans intempestivement lorsque l'on est mal protégé, ont un contenu rarement implicite. Les contrôles parentaux ne sont pas non plus infaillibles.

Un enfant a en moyenne 11 ans lorsqu'il est exposé pour la première fois à la pornographie.

Selon un rapport de 2002 du Collectif interassociatif enfance et média, l'impact du porno sur les

---

37. **Camille Emmanuelle**, *Sexpowerment. Le sexe libère la femme (et l'homme)*, Le Livre de Poche.
38. *Elle*, 19 octobre 2023.

enfants serait équivalent à celui d'un abus sexuel. Comment limiter cet accès si facile aux enfants ? Quel est l'impact du porno sur les adolescents ? Les relations filles-garçons sont-elles modifiées ? Quelle image de la femme et de l'homme donne la pornographie aux jeunes ? Comment développer une sexualité saine dans un univers où la pornographie est devenue la norme ?

Plus globalement, c'est « la question des relations hommes-femmes qui se pose », d'après les bénévoles d'Ennocence. La femme étant généralement « utilisée » comme un objet par le mâle dominateur, les enfants retiennent cette « image type » de l'acte sexuel. Ils construisent leur sexualité en fonction de ce qu'ils voient, aussi déconnectée de la réalité soitelle. Pour résoudre ces problèmes de fond, nombreux sont ceux qui proposent de sensibiliser les jeunes aux dangers de la pornographie lors de cours d'éducation sexuelle. Mais le sujet est encore rarement abordé en public.

L'ÂGISME

> Comme vous le savez,
> j'ai toujours aimé
> mon corps tel qu'il est.
>
> SAMANTHA JONES,
> PERSONNAGE DE *SEX AND THE CITY*
> (SÛREMENT MA PRÉFÉRÉE, JE L'AVOUE !)

S'il y a bien une « problématique » que l'on ne peut ignorer, c'est bien la question de l'âgisme. N'avez-vous pas remarqué ? Plus votre cher et tendre vieillit, plus il cartonne… Alors que vous… un peu moins, il faut l'admettre ! Chez lui, on observe que son succès grandissant va de pair avec ses rides… Comme du bon vin ! Si lui est un bon bordeaux prometteur, vous vous sentez comme un vin de pays à consommer rapidement. Attention à la date de péremption ! D'ailleurs, j'ai toujours été soufflée par cette injustice : on dit souvent des hommes qu'ils ne vieillissent pas mais « mûrissent »…

Nous ressentons alors une sensation étrange : alors que la lumière est si vibrante sur notre moitié, il ne nous reste fatalement que l'ombre. En plus de cette injustice physique, Dame Nature permet à l'homme d'être capable de se reproduire pendant de longues années alors que le glas de notre apogée ovarienne a déjà sonné… L'historienne Sabine Melchior-Bonnet évoque avec justesse une « horloge biologique inégalitaire » : alors que l'homme peut refonder une famille, la femme est renvoyée dans les cordes de la ménopause.

En ce qui me concerne, non pas que je veuille remettre absolument le couvert de l'enfantement : j'ai déjà eu ce cadeau qui m'a remplie de joie et de cernes, mais oui, j'admets que je ressens une forme de vulnérabilité et une pointe de jalousie. Combien de « vieux beaux » ai-je rencontrés ! Si la société valorise ces signes chez les hommes, les femmes sont bien malheureusement sanctionnées pour ne pas avoir conservé leurs attraits physiques… Mais quel est le véritable marqueur de ce basculement ?

C'est l'anthropologue Françoise Héritier qui livre la réponse : « À cinquante ans, elle [la femme ménopausée] […] n'a plus d'existence en tant que personne. » C'est bien simple, dès la mi-vie, on nous met dans l'antichambre de la mort sociale. Et pourtant. C'est souvent le moment où les femmes se réalisent pleinement car libérées du syndrome de la femme parfaite et de la bonne élève. De là à dire que la cinquantaine est le nouvel âge d'or… Revenons à l'actrice (et productrice) vedette de *Sex and the City*, Sarah Jessica Parker, qui semble trouver les mots justes : « Je sais à quoi je ressemble. Je n'ai pas le choix. Qu'est-ce que je vais faire ? Arrêter de vieillir ? Disparaître ? »

Beaucoup ont peur d'affronter ce que l'on appelle (c'est selon) la « pente de l'âge » ou son « ascension ». Mais un autre point de vue est possible lorsque l'on voit des femmes comme Isabella Rossellini, qui refuse (fait rare) que ses rides soient lissées ou photoshoppées en couverture des magazines (tout comme la dernière héroïne de Sophie Fontanel dans *Admirable. L'histoire de la dernière femme ridée sur terre*)[39].

Comme on l'a vu, contrairement aux hommes invariables (et calendaires ?), les « âges de la vie » de la femme dépendent des changements biologiques (qui déterminent des changements sociaux). Petit exemple (qui ne fait pas forcément sourire) : une femme qui pouvait connaître à 44 ans une ménopause précoce a longtemps été qualifiée de *decrepita*. Est-il besoin de traduire : « décrépite », oui, oui, vous avez bien lu, contrairement à l'homme qui était considéré comme officiellement « jeune ». Rien que ça. À l'inverse, le fait d'avancer dans l'âge donne aux garçons des libertés qui sont retirées à leurs homologues féminines.

L'écrivaine Fiona Schmidt pointe très justement ce point dans son dernier livre *Vieille Peau* : « En réalité les petites filles ne sont pas plus mûres que les garçons : elles sont conditionnées à l'être. Et les garçons ne sont pas plus immatures que les filles au même âge ; c'est juste qu'on tolère mieux leur immaturité[40]. » Pour Marie Charrel, l'autrice de *Qui a peur des vieilles ?* : « Derrière les responsabilités individuelles se trouvent des réflexes acquis qui

39. **Sophie Fontanel**, *Admirable. L'histoire de la dernière femme ridée sur terre*, Seghers.
40. **Fiona Schmidt**, *Vieille Peau*, Belfond.

relèvent bien de ces attitudes discriminatoires avec tout leur lot d'idées préconçues, comme celle qui voudrait réduire la valeur sociale des femmes à leurs capacités reproductives, ou encore celle qui tendrait à confondre jeunesse et beauté[41]. »

Mais nous revenons de loin, comme en témoigne cet extrait d'une lettre envoyée par Diderot en 1762 à son amie Sophie Volland, où il évoque « la belle vieillesse » (!) : « Il me semble qu'il y a des raisons physiques et morales de cette distinction des deux sexes dans un âge avancé. Les femmes semblent n'être destinées qu'à notre plaisir. Lorsqu'elles n'ont plus cet attrait, tout est perdu pour elles. Aucune idée accessoire qui nous les rende intéressantes, surtout depuis qu'elles ne nourrissent ni n'élèvent leurs enfants. »

Il faut bien reconnaître qu'il y a moins d'enjeux identitaires sur le vieillissement des hommes mais qu'en plus le regard de la société est bien plus compréhensif, voire complaisant. Dans le fond, on met souvent de côté l'âgisme tant qu'il ne touche pas notre intimité, mais nous avons très vite conscience de l'avancée en âge comme d'une menace plutôt que d'une opportunité.

Continuons avec notre cher Diderot, qui, plus loin, dans sa lettre à son amie Sophie, n'hésite pas à enfoncer le clou : « Nous, nous avons la tête nue, on voit la forêt de nos cheveux blancs, une longue barbe rend notre visage respectable ; nous conservons sous la peau ridée et brunie des muscles fermes et solides.

41. Marie Charrel, *Qui a peur des vieilles ?*, Les Pérégrines.

La nature douce, molle, replète, arrondie de la femme, toutes qualités qui font qu'elle est charmante dans sa jeunesse, font aussi que tout s'affaisse, tout s'aplatit, tout pend dans l'âge avancé [...]. Quelle différence du front et des joues d'un vieillard et d'une vieille, des bras, des épaules, de la poitrine, des cuisses et du reste ? Nous changeons sans doute comme les femmes avec le temps ; mais le temps ne nous décompose pas autant qu'elles. » Champion du monde de la goujaterie Diderot ? Pas loin en tout cas...

ET SI ON REMPLAÇAIT « TU NE FAIS PAS TON ÂGE » PAR « TU ES BELLE » ?

Grey power, silver power…

« Mère de trois enfants âgés de dix, onze et quinze ans, divorcée, de nationalité américaine, trente ans d'expérience dans le domaine cinématographique, encore alerte et plus aimable que ne le prétend la rumeur publique, cherche emploi stable à Hollywood […]. Références à l'appui. » Qui pourrait imaginer que c'est l'immense Bette Davis qui signe cette annonce publiée en septembre 1962 dans le célèbre magazine américain *Variety* ? La célèbre actrice n'a alors « que » 54 ans. Et soixante-dix ans plus tard, convenons que les choses n'ont guère changé. Quelques chiffres : en 2021, seulement 7 % des rôles du cinéma français ont été attribués à des femmes de plus de 50 ans. Selon Murielle Joudet, écrivaine et critique de cinéma, ce serait la faute du spectateur : « Les gens vont au cinéma pour voir du "*bigger than life*" […] ils sont addicts aux corps jeunes… » Alors

OK, on est bien obligées de reconnaître que, passé un certain âge, les femmes disparaissent des écrans de cinéma et des pages de magazines pour laisser de plus jeunes occuper le devant de la scène… Pourtant, il existe des raisons d'espérer. Oui, oui… Il suffit de voir certaines stars comme Andie MacDowell, ou encore la sublime Julianne Moore.

En France, le terme « âgisme » fait depuis peu son grand retour, il n'apparaît pas avant les années 1980. Et une des premières grandes figures de la littérature à l'évoquer de manière subliminale est Simone de Beauvoir (toujours elle) dans *La Vieillesse*[42] où elle établit un parallèle entre les discriminations subies par les femmes et les vieux. C'est toujours la même Simone de Beauvoir qui « dénonce l'échec de toute notre civilisation » en accusant les valeurs du capitalisme (culte de la performance, mythe de l'indépendance, compétitivité, vitesse, renouvellement permanent…) de faire de la vieillesse une déviance morale et sociale.

On se souvient que des féministes occidentales ont livré un combat important pour que les femmes ne soient plus « essentialisées » : réduites à leur apparence et à la « fonctionnalité » de leur corps. Mais pourquoi cette invisibilisation ? On réduit trop souvent ce cap du milieu de vie à une forme d'antichambre (ou purgatoire, au choix) où il faudrait pleurer la disparition de nos hormones. Pourtant on pourrait aussi se dire que l'on peut (enfin !) souffler avec la fin de la liste d'injonctions que l'on a subies depuis la puberté.

---

42. Simone de Beauvoir, *La Vieillesse*, Folio Essais.

Une discrimination rampante

Ce vide sidéral concernant l'âge des femmes du point de vue sociétal impacte *de facto* la vie et le devenir de nos filles. Heureusement, on assiste de nos jours à un début de sororité intergénérationnelle, où les trentenaires d'aujourd'hui veulent s'affranchir des codes jeunistes… Souvent, je conseille aux jeunes femmes que je rencontre de puiser un *role model* au sein de leur propre famille : cela nous donne de la puissance et une forme de confiance. Pour ma part, je l'ai puisé dans ma lignée maternelle. Outre leur sagesse, j'adorais caresser la peau de mon arrière-grand-mère, puis de ma grand-mère, aussi bien leurs rides que leur douceur m'ont toujours inspirée et j'en garde un souvenir et un message essentiels.

À partir de quel âge vieillir pour une femme devient-il indécent aux yeux du monde ?

La féministe Susan Sontag apporte une première réponse en 1972 : « L'une des plus grandes tragédies de la femme est de vieillir. C'est aussi la tragédie la plus longue, car on s'y prépare à peu près toute la vie. Comme c'est une crise psychique avant d'être une crise physique, elle se répète encore et encore. » Nous voici forcées d'adopter d'autres codes pour signifier notre singularité…

Comme dans certains pays, je pense notamment au Japon où les femmes montent en puissance au fil des années. En Occident, à partir de 50 ans, les femmes ont longtemps été qualifiées de « sorcières » (surtout si elles gardent les cheveux longs !). Elles peuvent faire peur effectivement, en récupérant leur puissance, la maîtrise de leur corps… et devenant ainsi un contre-pouvoir. Car si finalement vieillir, c'était tout simplement s'améliorer, gagner un supplément d'âme ?

Pourtant, les femmes n'ont souvent rien vu venir. Nombreuses sont mes amies plus âgées qui me mettent en garde : « Attention, tu verras à 50 ans, tu deviens complètement invisible. » Mais ce désintérêt pour le corps des femmes vieillissantes ne date pas d'hier. La chercheuse en littérature française Annette Keilhauer écrit : « Jusqu'au XIXe siècle, les femmes passé trente ans prenaient le chemin de la vieillesse. » Imaginez alors le désir que peuvent susciter ces femmes après la ménopause ! À quoi servirait ce corps qui n'est plus fécond ? Heureusement quelques figures littéraires ne se sont pas laissé faire et ont revendiqué la notion de plaisir, « même » à cet âge ! Les autres ne doivent leur vie sociale qu'à leur intelligence (qui vient combler la supposée « défaillance » du corps…). Je pense au livre de Marie de Hennezel *L'Aventure de vieillir. Et si avancer dans l'âge était un voyage ?*[43] qui se pose cette question : « Pourquoi vieillir serait-il honteux ? » En partageant le fruit de ses travaux et de ses connaissances sur ce thème, elle nous propose de considérer le vieillissement autrement, comme une chance, un dernier chapitre de la vie plein de promesses. Elle nous invite à vivre

43. **Marie de Hennezel**, *L'Aventure de vieillir. Et si avancer dans l'âge était un voyage ?*, Robert Laffont.

cette expérience comme une aventure, où la curiosité d'esprit, la volonté d'explorer son intériorité et de s'ouvrir à des émotions nouvelles donnent tout son sens à cet âge. Elle nous incite à ne pas attendre le grand âge pour se préparer à vieillir, à prendre à bras-le-corps son vieillissement, car selon elle, c'est ainsi que l'on peut espérer prévenir le déclin que l'on redoute. Et on la remercie pour le mode d'emploi qu'elle nous donne afin d'y parvenir !

COMMENT GÉRER ?

Sans compter les joies de la drague à plus de 40 ans, c'est souvent la fameuse crise du milieu de vie où on réalise que la dernière fois qu'on vous a fait de l'œil, c'était en écoutant Larusso ou Diam's au bar de plage du coin… Mais pas d'angoisse, il paraît que flirter, c'est comme le vélo, c'est comme si on n'avait jamais arrêté…

– On peut toujours aller faire un tour sur les réseaux sociaux, mais rapidement, et souvenez-vous que vous n'y allez pas pour chercher l'amour mais pour vous entraîner.

– Adaptez la *target* à votre âge, fini les petits jeunes de 20 ans qui s'approchent de vous avec un poli et respectueux « Excusez-moi madame, vous auriez du feu ? ». C'est vrai que ça fait un peu mal mais il va falloir changer de crémerie !

… /…

Fini aussi les boîtes de nuit… Il va falloir trouver un autre terrain de jeu !
– Oubliez celui qui vient de quitter son ex-femme et qui se trouve encore un peu (ou beaucoup) paumé… À votre âge (et d'ailleurs à tous les âges), n'enfilez pas votre costume d'infirmière pour entendre des complaintes et des promesses foireuses… Cherchez l'homme bien ancré qui a de l'humour, de la curiosité ET qui est libre (vraiment !).

La « vieille fille », un stéréotype qui a la vie dure…

Du côté sentimental, si les femmes ne sont pas « casées » la trentaine venue, elles sont exclues du « marché de la bonne meuf », selon l'expression de Virginie Despentes (*King Kong théorie*[44]). Il n'y aurait donc qu'un pas ou quelques années entre la célibattante qui a eu son heure de gloire et la vieille fille avec tous les clichés que ça comporte… comme les *crazy cat lady* en anglais : des femmes folles obsédées par leurs chats.

Dans son essai *Vieille Fille* (que j'ai adoré par ailleurs), Marie Kock a la plume acerbe en les décrivant portant « le vieux pull en mauvaise laine, le chapeau de catherinette, en délabrement physique et

44. Virginie Despentes, *King Kong théorie*, Grasset.

vestimentaire, l'œil méchant et/ou la bouche amère, le corps sec[45] », et qui rappelle que dans l'imaginaire collectif : « Si elles ne sont pas désespérées, elles sont aigries et parfois folles. » Rien que ça…

45. **Marie Kock**, *Vieille Fille*, La Découverte.

CETTE ENFANCE QUI CONDITIONNE LA FEMME AMOUREUSE…

Avant tout, j'aimerais insister sur le fait que l'influence de l'enfance sur la vie amoureuse n'est pas une détermination absolue. Les individus ont la capacité de réfléchir sur leurs expériences passées, de travailler sur eux-mêmes et de développer de nouvelles compétences relationnelles. La prise de conscience de ces influences peut permettre de remettre en question les schémas préexistants et de cultiver des relations plus saines et épanouissantes à l'âge adulte. Le développement personnel, l'éducation émotionnelle et la thérapie peuvent être des outils utiles pour surmonter les effets négatifs de l'enfance et favoriser des relations amoureuses positives. Mais la relation avec sa mère en particulier peut exercer une influence significative sur la façon dont une femme vit et perçoit l'amour.

Voici quelques façons dont cette relation peut avoir un impact :

- **Modèles relationnels :** la relation avec la mère peut servir de modèle relationnel primordial.

Une mère aimante et attentionnée peut transmettre des modèles sains de communication, d'affection et de soutien émotionnel, ce qui peut favoriser des relations amoureuses positives et épanouissantes. À l'inverse, une relation maternelle conflictuelle ou dysfonctionnelle peut conduire à des schémas négatifs ou toxiques dans les relations amoureuses.

- **Estime de soi et confiance en soi :** la manière dont une mère traite et valorise sa fille peut influencer son estime de soi et sa confiance en elle. Une mère qui offre un soutien, des encouragements et une validation affective contribue généralement à développer une estime de soi positive chez sa fille. Cela peut favoriser des relations amoureuses équilibrées, basées sur le respect mutuel. En revanche, une mère critique ou dévalorisante peut engendrer des problèmes d'estime de soi qui peuvent impacter négativement les relations amoureuses.
- **Attachement émotionnel :** l'attachement sécurisé ou insécurisé entre une fille et sa mère peut influencer la capacité de la fille à former et à maintenir des relations amoureuses saines. Un attachement sécurisé, où une mère répond aux besoins émotionnels de sa fille, favorise généralement une plus grande sécurité et une plus grande capacité à établir des liens affectifs solides. Les attachements insécurisés peuvent se traduire par des difficultés à faire confiance, des peurs d'abandon et des schémas relationnels problématiques.
- **Rôle de genre :** la relation avec la mère peut jouer un rôle dans la construction de l'identité et des rôles de genre. Les attitudes, les croyances et les attentes

de la mère envers sa fille peuvent influencer sa perception de la féminité, de l'amour et des relations hétérosexuelles. Une mère qui valorise l'autonomie, l'indépendance et l'égalité des genres peut encourager une vision positive et équilibrée de l'amour.

- **Modèles de résolution des conflits :** la manière dont une mère gère les conflits et les désaccords avec sa fille peut avoir un impact sur la façon dont celle-ci appréhende et gère les conflits dans ses propres relations amoureuses. Des modèles sains de résolution des conflits, tels que la communication ouverte, l'écoute empathique et la recherche de solutions mutuellement bénéfiques, peuvent être transmis d'une mère à sa fille.

Bien sûr, d'autres facteurs, tels que l'environnement familial et les relations avec d'autres figures d'attachement, telles que celle du père, s'il est sain d'esprit, peuvent également jouer un rôle dans la formation des schémas amoureux d'une femme. Mais la prise de conscience de ces influences est importante car elle permet à une femme de travailler sur elle-même, de se guérir et de développer des relations amoureuses saines et satisfaisantes.

Car comme nous l'avons vu, si l'enfant a connu des carences dans la création d'un lien juste dans la construction de son identité, et avec ses figures parentales, il y a de fortes chances pour qu'il s'installe dans des relations dépendantes, dès son adolescence. Il cherchera toujours ce qui lui manque ou copiera des schémas pervers.

On peut aussi « trop aimer » un enfant, le surinvestir. Le résultat sera le même : il sera toujours en quête d'un amour inconditionnel, même devenu adulte. Il peut ainsi nous arriver de rejeter notre amoureux, à la première difficulté, par frustration ou par dépit… Comme c'est compliqué !

DEVENUE ADULTE, COMMENT SE DÉFAIRE DES RELATIONS TOXIQUES ?

> « Mal nommer les choses, c'est ajouter du malheur au monde.
>
> MITHRIDATE

Parfois, les histoires – et les ruptures – se suivent et se ressemblent. Mêmes scénarios, mêmes personnes qui nous attirent, mêmes relations dévastatrices… Une répétition amoureuse qui trouve souvent son origine dans notre enfance.

Détoxifier l'entourage, assainir notre couple et chasser la poussière de notre mental pour une vie bien plus saine : vous verrez, vous sentirez la différence.

Un petit ménage de printemps relationnel mais qui dure toute l'année, ça vous dit ? Entre la mère ultraculpabilisante, la copine et les enfants ultracollants, un mec qui nous étouffe… on n'aspire qu'à une chose : de l'air ! Mais avant tout, revenons à la définition de la relation toxique ; non seulement elle nous empoisonne et devient irrespirable, mais en plus, on ne sait pas comment en sortir… Prenons l'exemple de ce qui nous intéresse : l'amoureux oppressant. Tout mignon et à l'écoute au départ, il commence à vous en vouloir lorsque vous sortez de votre côté. Si au début on se sent flattée, le revers de la médaille arrive bien vite : on perd ses amis, ses repères, sa vie quoi. C'est là qu'il faut bien identifier la victime : partir requiert de la force pour se choisir avant l'autre. Cela peut prendre du temps, et il faut un déclic.

Essayons de comprendre : quand l'enfant est dans un foyer qui dysfonctionne, il met en place toutes les stratégies qu'il peut trouver pour sauver ses parents. Pour lui, ce sont des dieux, ou des modèles qu'il faut apprendre à désaimer. Les filles sont quelquefois tenues comme rivales de leur mère, qui fait tout pour les tenir écartées du reste de la famille, et, parfois même, de toute vie sociale… Plus la puberté arrive, plus la jeune femme est perçue comme dangereuse, par une mère de plus en plus jalouse. C'est un sujet encore tabou que Marie-Estelle Dupont explore brillamment dans son essai *L'Anti-mère*.

« De manière générale, lorsque vous prenez conscience du dysfonctionnement d'une famille, on vous rejette. On vient avec trop de lumière, aveugle, éclairer de manière crue les autres membres de la famille dans un conflit de loyauté, ils n'ont pas envie de désidéaliser leurs parents. Il s'agit alors de diviser pour régner, d'atomiser le foyer[46] », selon la thérapeute.

46. **Marie-Estelle Dupont**, *L'Anti-mère*, Albin Michel.

On assiste à de nombreux schémas de répétition où l'enfant essaie de sauver ses parents, sa faible estime de lui et réattirera plus tard des personnalités destructrices. Pour Marie-Estelle Dupont : « Il est donc important de conscientiser ce qui s'est passé avec nos parents, sans pour autant ouvrir de procès, mais trier le bon et le moins bon, en regardant ce qui peut nous inspirer. Poser un regard sur le passé et savoir d'où cela vient permet de prendre du recul et de ne pas mettre de violence. Il faut sortir de l'hypnose infantile, qui est une forme de déni de soi. »

Comment savoir ?

Les difficultés relationnelles peuvent venir car nous n'avons pas été éduquées à la relation, on ne sait pas dire « non », on n'a pas su poser des limites, ni appris la communication non violente. Si on somatise beaucoup, si on se sent mal ou coupable après avoir vu certaines personnes de la famille... Attention ! Cela doit attirer votre vigilance sur quelque chose dans le climat familial qui n'est pas juste...

Mais peut-on (se) rééduquer au niveau émotionnel ?

Les femmes issues de ce type de famille vont souvent tomber amoureuses de personnes qui leur font du mal car elles ne connaissent pas la saveur, la couleur des gens « bons ». Le cerveau, qui ne connaît pas cela, confond cette « zone inconnue » avec le danger. Retourner vers quelqu'un de mauvais est familier, rassurant, c'est un état d'être auquel on est habitué enfant, qui explique que lorsque l'on sort de cette vibration émotionnelle, on est inquiet.

Heureusement il est possible de se rééduquer en thérapie, d'acquérir une forme de radar interne qui nous apprend ce qui est bon pour nous. Et même si compulsivement on va vers des gens qui pourraient nous faire du mal, on va apprendre à s'autodiscipliner, à arrêter d'aller vers les vampires psychiques, à poser des limites pour aller vers ce qui semble bon pour nous.

Quid *de la somatisation ?*

Selon Marie-Estelle Dupont, cette grande angoisse, cette charge émotionnelle, peut emprunter deux chemins. Soit elle va dans le psychisme élaboré, conscientisé ; soit c'est tellement fort que l'on n'y arrive pas, et pour ne pas devenir fou, ne pas aller dans la maladie mentale, beaucoup de personnes peuvent se dissocier.

Les conséquences peuvent être multiples :

- les maladies physiques ou somatisations ;
- les entraves à la réussite : problèmes de concentration, certificat scolaire de niveau inférieur, pas de formation professionnelle, études interrompues, incapacité de travailler ;
- les problèmes relationnels ou de couple : intimité, retrait social, difficulté à entrer en contact, solitude, isolement, manque de confiance, méfiance, familles ou amitiés ou relations brisées, relations avec partenaires violents ;

- la désorientation ou vulnérabilité : sentiment d'être perdu, sans défense, perplexe ;
- l'estime de soi réduite ou effet négatif sur le soi : haine de soi, dégoût, dévalorisation, incertitude, tendances masochistes, culpabilité ou honte ;
- les problèmes sexuels : problèmes d'hygiène (à cause du dégoût de soi), vie sexuelle perturbée, sexualité exacerbée, peur d'être touché ;
- l'externalisation : violence, comportement agressif, comportement impulsif, idées meurtrières ;
- les retours en arrière (flash-back), intrusions, cauchemars : souvenirs négatifs, fatigue ou stress permanent, troubles du sommeil, sensibilité au bruit ;
- l'affirmation explicite de qualité de vie réduite : problèmes dans la gestion du quotidien, mauvaise qualité de vie, pauvreté.

Si la personne maintient son équilibre psychique, elle évite la faille narcissique, ou le fait d'être déséquilibrée d'une manière ou d'une autre. Si ce n'est pas le cas, le corps peut aussi craquer et la charge d'angoisse va se loger dans le théâtre du corps. N'oublions pas : l'être humain est une unité psychosomatique et le corps prend en charge ce que notre esprit ne peut pas gérer. Cette voie psychosomatique est la seule voie qui reste quand quelque chose risque de nous rendre fous. Cela peut d'ailleurs être une bombe à retardement. Une forme de culpabilité peut se manifester, tellement le lien d'attachement de l'enfant à sa mère est puissant, et qu'il souhaite le maintenir.

Quels conseils pour évacuer cette charge ?

Cela demande un travail sur soi qui ne se réduit pas à une psychanalyse par la parole car ces traumatismes sont engrammés. On trouve des empreintes de la peur pas uniquement dans notre conscience... Les angoisses sont aussi inscrites dans les cellules. Il faut alors travailler sur le psychisme, le corps, l'alimentation, la spiritualité, par l'hypnose, encore d'autres outils comme le sport car ils donnent un cadre et un rythme corporel... On retrouve ainsi des sensations, de la confiance, ce sont d'excellents facteurs de prévention de l'anxiété !

Passé la phase de déni, de stupéfaction et de peur, on arrive à la phase d'acceptation, il s'agit alors de se mettre à une distance *safe* mais sans acrimonie. Mais il faut être vigilant au fait de ne pas transmettre aux enfants la souffrance reçue, et donc de lever le tabou de la jalousie parentale. Tous les enfants maltraités ne deviennent pas des parents maltraitants et inversement. Il faut accepter que la psychologie ne soit pas une culture de l'excuse car il n'y a pas toujours des explications factuelles à l'attitude de quelqu'un, on a aussi un libre arbitre en tant qu'être humain.

Et puisque le mal existe, il peut exister dans la famille. Sous forme de maltraitance, d'humiliation... et à l'extrême d'inceste. Ces personnes, qui ont choisi le mal, sont des âmes sombres et ont une famille qui va en souffrir.

Que les faits soient anciens ou récents, IL FAUT EN PARLER à une personne en qui vous avez confiance, à une professionnelle ou un professionnel (médecin, assistante sociale, assistant social, avocate, avocat) ou à une association spécialisée dans la lutte contre le viol et les violences faites aux femmes qui vous accompagnera. Le 39 19 est à votre disposition pour vous écouter et vous guider.

SIGNALEZ les faits à la police et à la gendarmerie. Vous ferez l'objet d'une attention particulière de la part des services de police ou des unités de gendarmerie qui ont mis en place des dispositifs d'accueil et d'aide aux victimes : intervenantes sociales, psychologues...

Personne n'a le droit de vous imposer un acte sexuel que vous ne désirez pas.

Quelles que soient les circonstances du viol ou de l'agression, vous n'y êtes pour rien.

L'auteur des faits est le seul responsable. Le coupable est l'agresseur.

Aucune tenue, aucune parole ou aucun comportement de votre part ne justifie les violences sexuelles.

Normalement dès que la mère devient mère, elle est outillée pour avoir un peu d'attachement à son enfant. Pourtant il y a des femmes chez qui cela ne survient pas : on constate alors un dysfonctionnement de leur personnalité ou cérébral important : il n'y a pas d'empathie.

Selon Marie-Estelle Dupont, dire que « les parents ont fait de leur mieux » est un déni du mal. Nous sommes tous capables de faire un choix à un moment donné. Pour la psychologue : « Nous avons tous un niveau de force morale qui est différent, certaines personnes sont capables de regarder le mal en face, certaines personnes prennent leurs dispositions, d'autres s'effondrent. Cela montre surtout un dysfonctionnement familial qui fait que la solidarité et les liens sont abîmés. »

Lorsque vous avez vécu une enfance liée à ce schéma, vous pouvez être effrayée par une nouvelle relation. C'est le moment de vous demander si vos codes ne sont pas brouillés. C'est peut-être un réflexe de légitime défense, mais c'est aussi parce qu'il y a de l'amour et que vous n'en avez jamais reçu. Lorsque votre mère ne vous a pas aimée, la première fois que quelqu'un vous apporte cet amour, vous n'avez pas l'impression de recevoir un cadeau, mais cela vous met dans la figure combien vous n'avez pas été assez aimée par votre mère, et il faut être assez costaud pour l'admettre. Donc un petit conseil : réfléchissez aux nouvelles relations qui entrent dans votre vie et dites-vous que ces familles dysfonctionnelles peuvent aussi rendre myopes au véritable amour !

PARTIE IV

ALORS, AIMONS !

LE PRÉAMBULE À LA RENCONTRE… S'AIMER SOI-MÊME

« Il n'y a pas de hasard
dans les rencontres […].
Les rencontres nous attendent
mais parfois nous les empêchons
d'avoir lieu… Si nous sommes
désespérés et si nous n'avons plus
rien à perdre, ou au contraire
enthousiasmés par la vie, l'inconnu
se manifeste et notre univers
change. Les rencontres
les plus importantes
ont été préparées par les âmes
bien avant que les corps
ne se voient…

Paulo Coelho

Si rencontrer l'autre nous révèle à nous-même, il est un chemin préalable : la découverte de nous-même avant le grand bouleversement. C'est une véritable invitation à une plongée en soi. Trop souvent encore l'amour de soi est vu comme une quête égoïste, narcissique. Mais si la détestation pour les femmes a été léguée par des siècles de patriarcat, il faut absolument apprendre à s'aimer soi-même pour (bien) aimer l'autre.

C'est LA clé. Si on ne se connaît pas vraiment, si l'on n'est pas « complets », il est bien difficile de vivre une vraie rencontre... L'autrice espagnole que j'adore, Lucia Extebarria, le rappelle avec humour tout au long de son best-seller *Je ne souffrirai plus par amour* en énonçant ces deux règles :

1. **On ne peut vivre en couple que si l'on est capable de vivre seul.**
2. **On ne peut vivre seul que si l'on s'aime soi-même[47].**

« Apprendre à être seule est essentiel à l'art d'aimer », explique une autre autrice, Bell Hooks, dans son ouvrage phare *À propos d'amour*. « Lorsque l'on apprécie la solitude, on apprécie la compagnie des autres sans les utiliser pour échapper à soi-même[48] », et donc ne pas retrouver l'autre pour trahir un quelconque sentiment de solitude... Se sentir bien seule permet bien souvent de se retrouver en meilleure compagnie avec les autres. Un moment nécessaire à prendre pour se recentrer, s'écouter...

---

47. **Lucia Extebarria**, *Je ne souffrirai plus par amour*, Héloïse d'Ormesson.
48. **Bell Hooks**, *À propos d'amour*, Éditions Divergences.

Pour revenir au début de notre propos, le manque d'amour de soi constitue la base de tous les maux et nourrit toutes nos souffrances. Seul l'amour de soi nous fera aller vers des relations plus saines délivrées des attentes de l'autre, sans piétiner nos propres besoins. Cet amour de soi ouvre la voie à la lumière et au changement, ce n'est ni plus ni moins qu'une voie de développement de connaissance de soi, spirituelle.

Comment vaincre les obstacles à l'amour véritable de soi ?

Durant nos premières années, nous avons cet amour de soi en nous, ce n'est que plus tard que nous intégrons de nombreuses fausses croyances sur nous-mêmes. S'il est vrai que nos parents ont pu jouer un rôle déterminant dans la création de ces fausses illusions, il y a une bonne nouvelle : nous pouvons faire le choix de nous aimer, de nous éveiller. Pour cela, il y a trois points à « aller chercher » : nous accepter tels que nous sommes, nous respecter, nous pardonner pour les erreurs que nous pensons avoir faites ou les actes que nous aurions supposément manqués. Alors une fois que cela est clair dans votre esprit : il va falloir apprendre et ne pas se reposer sur nos acquis !

Revenons sur chacun de ces points :

S'accepter

Peu importe l'apparence physique que votre âme a choisi de revêtir, il faut savoir qu'à chaque fois que vous vous évaluez, jugez, vous perdez votre énergie. Il s'agit donc de s'accepter soi-même totalement.

Se pardonner

Ressentiment et reproches envers soi-même… nous avons encore plus de mal à pardonner aux autres qu'à nous-même… l'avez-vous noté ? Pourtant la puissance du pardon est extraordinaire : elle permet de dissoudre toutes les énergies négatives, de les neutraliser pour les alchimiser.

Le pardon vibre sur la fréquence de l'amour inconditionnel. Il vous permet, explique Lila Rhiyourhi, « de restaurer les parties de vous qui ont été abîmées par la souffrance et de laisser la place à l'amour. Grâce à lui, vous éliminez les blocages de vos champs énergétiques, restaurant une circulation plus libre de l'amour divin. Vous supprimez les résistances qui vous empêchent de récupérer votre identité en tant qu'être divin[49] », ajoute-t-elle.

Prenons un exemple : vous continuez à regretter de n'avoir pas su dépasser vos blessures dans votre/vos précédente(s) relation(s) et d'avoir provoqué, d'une certaine manière, la « rupture ». Si vous réussissez à vous pardonner, non seulement vous restaurez d'une certaine manière cette partie abîmée de la relation, mais cela vous permettra d'aborder sereinement une nouvelle histoire. Vous pardonnez, ce qui vous permettra de sortir des vibrations « basses » et de les transformer en une forme d'énergie supérieure.

49. **Lila Rhiyourhi**, *L'Amour, une aventure spirituelle*, Leduc, 2024.

Se respecter

Pourquoi est-ce si important d'avoir conscience de votre valeur ? Tout simplement pour ne pas laisser une quelconque forme de négativité pénétrer dans votre espace énergétique. Et ce, dans n'importe quel domaine, que ce soit au travail, dans votre famille ou avec votre amoureux.

Petite liste de « microagressions » (mais qui peuvent nous faire beaucoup de mal) : mise en doute de vos compétences, un manque de politesse ou d'attention (ne pas dire bonjour), des moqueries ou remarques qui vous font vous sentir inférieure…

ET QUAND L'AMOUR CONSUME...

> “Dire que j'ai gâché des années
> de ma vie, que j'ai voulu mourir,
> que j'ai eu mon plus grand amour,
> pour une femme
> qui ne me plaisait pas,
> qui n'était pas mon genre !

MARCEL PROUST, *UN AMOUR DE SWANN*

Souvenons-nous de Pénélope, qui n'a cessé de pleurer en attendant le retour d'Ulysse à Ithaque. Une fidélité qui fut la première d'une longue série. Et qui interroge : sommes-nous réellement dans l'amour ou dans l'idée de l'amour ?

Ce sentiment, Jane Austen le décrit très bien dans *Emma* : « Cette sensation d'apathie, de lassitude, de stupidité, cette répugnance à rester en place et m'employer à quelque chose, ce sentiment que tout est insipide et ennuyeux à la maison ! »

« Je dois être amoureuse », concluait-elle en pensant à son amant Franck Churchill.

Ces symptômes, bien connus depuis l'Antiquité, en passant par le Moyen Âge, étaient décrits jusque dans les romans du début du XIXe siècle, et appelés « la maladie d'amour ». De manière plus prosaïque, plus violente, moins romantique mais sûrement plus véridique, on l'appelle aujourd'hui « addiction ».

Revenons un peu en arrière, dans l'Antiquité, les femmes étant considérées comme les plus fragiles étaient réputées plus « enclines » à « tomber amoureuses ». Et pourtant... Socrate nous explique que « l'amour passionné d'une femme ne pouvait être que le résultat de sortilèges ou d'aphrodisiaques, d'interventions de forces extérieures, qu'il fallait combattre par le même mal : la magie et la sorcellerie ». Certains du corps médical allaient jusqu'à penser que l'amour était simplement une maladie de l'âme, de l'esprit, du corps... Comme une sorte de mélancolie et la conséquence de la bile noire, traditionnellement une des humeurs corporelles qui façonnaient la physiologie humaine.

Voici les propos que ses disciples attribuent à Aristote : « Ceux chez qui [la bile noire] est chaude et en quantité excessive sont exaltés, inspirés, enclins à l'amour et à suivre leurs envies et leurs désirs [...]. Beaucoup, du fait que cette chaleur est située près du siège de l'intellect, sont atteints de maladies relevant de la folie et de l'inspiration divine. »

Heureusement, à chaque maladie son remède : un certain Galien (IIIe siècle), précurseur dans les écrits médicaux, avait (eurêka !) découvert un antidote pour ceux tourmentés (par le désir des corps) :

« Je connais des hommes et des femmes qui ont été frappés par un amour passionné et qui sont devenus amorphes et insomniaques puis qui ont contracté une fièvre éphémère à cause d'autre chose que leur amour [...].

Quand nous avons découvert que ce qui les consumait était l'amour, nous avons commencé, sans leur faire part de notre découverte, et moins encore à des tiers, à leur prescrire de prendre des bains, à boire du vin, à monter à cheval, à s'amuser à des spectacles oraux et visuels ; et nous avons [...] provoqué [leur] indignation contre l'injustice, l'amour de la rivalité et le désir de triompher d'autrui, selon l'intérêt de chacun dans la poursuite de ce qu'il avait choisi pour lui[50]. »

Seuls la gloire, l'honneur et les amusements divers étaient considérés comme de bons remèdes à la maladie d'amour « dont la source réelle était si honteuse et si douloureuse ». Heureusement, l'obsession comme preuve d'amour semble appartenir au passé.

Néanmoins... la rupture amoureuse est encore, de nos jours, une des causes, voire la première cause, de suicide. Une étude récente[51] montrerait que « plus les partenaires se sont engagés et investis dans une relation romantique, plus ils sombrent dans la dépression et tentent de se donner la mort quand

50. **Galien**, « Commentaire sur les épidémies ».
51. Site web, « Suicidal Risks Following the Termination of Romantic Relationships ».

cette relation échoue ». Certains neurologues (spécialistes de la chimie du cerveau) comparent même l'amour romantique intense à l'abus de drogue : les deux présenteraient les mêmes signes d'addiction en déclenchant notamment les circuits cérébraux de la récompense.

Notons que pour certains, il s'agit d'un état où ils aiment se complaire. Certains restent couchés sur leur canapé, déversent leur mal dans des lettres, d'autres (comme Pénélope) pleurent pendant vingt ans tout en faisant et défaisant leur ouvrage manuel, et nous ramènent à cette question : vaut-il mieux vivre une illusion qu'un amour réel ?

À part certaines personnes que j'ai pu qualifier d'« autistes de l'amour », montrez-moi quelqu'un(e) qui n'a jamais connu une certaine dépendance amoureuse à un moment ou à un autre de sa vie ? Demandez à votre entourage, ils sont plus nombreux que vous le pensez. Et il y a ceux (dont j'ai longtemps fait partie) qui ne connaissent que cet état-là, oscillant entre exaltation et désespoir (j'exagère à peine !). Délicieuse dans ses débuts, cette relation passionnelle peut vite devenir toxique et aliénante pour nous enfermer dans une forme de prison où les rapports de soumission et de domination empêchent de nous sentir libres.

Le schéma est assez classique : c'est un sentiment de vide et de manque qui nous mène vers un besoin compulsif, celui de nous remplir de l'autre. Nous attendons la rencontre, avant de nous précipiter dans cette relation sans discernement, avant de nous rendre compte finalement qu'elle n'est (souvent) qu'illusion. Mais en attendant, nous pouvons aller jusqu'à accepter beaucoup de choses, jusqu'à la violence (physique ou psychologique) qui peut nous détruire, pour un peu « d'amour ».

Revenons sur les symptômes : on n'arrête pas de penser à l'autre, on aimerait vivre collé-serré... mais est-ce vraiment de l'amour ? Pas si sûr. Pour la psychologue Joanna Rozenblum : « Dans la vraie relation amoureuse, on n'a pas besoin d'être en permanence accrochée à son partenaire, ni d'avoir des preuves de son amour. Et surtout, on ne s'oublie pas au profit de l'autre... Mais tant que la dépendance affective n'est pas conscientisée, on peut la confondre avec de l'amour[52]. »

On repère deux situations extrêmes (et on revient à l'enfance) qui peuvent mener à la dépendance affective : les enfants qui ont toujours tellement été choyés par leurs parents qu'ils n'ont jamais appris le libre arbitre. Résultat : lorsqu'ils pensent rencontrer l'amour, ils font tout pour se fondre avec leur partenaire.

On trouve à l'opposé des enfants qui n'ont pas reçu suffisamment d'amour, et qui ont grandi avec le sentiment de ne pas mériter de recevoir de l'amour ou d'en créer autour d'eux. Résultat : on trouvera des adultes qui ont besoin d'être « réparés » et assez de preuves d'amour pour avoir la sensation d'exister. Et on retrouve le même comportement : le besoin d'être toujours collé à l'autre. Selon la psychopraticienne Geneviève Krebs, « Le dépendant affectif a

52. *Cosmopolitan*, février 2024.

tendance à foncer dans les débuts de la relation. Il vit des coups de foudre qui sont en réalité fantasmés, et risque davantage de faire des “mauvais castings de partenaires de vie” ». Celle-ci utilise une image qui me parle beaucoup... Celle de la barque : « Imaginez deux personnes qui se rencontrent sur un lac, chacune dans une barque. En temps normal, elles vont apprendre à faire connaissance, chacune en restant dans sa barque... Mais le dépendant affectif, lui, va immédiatement sauter dans la barque de l'autre en laissant sa propre barque s'éloigner avec ses projets, amis, hobbies... Il va vouloir tout simplement se fondre dans le monde de l'autre sans que celui-ci lui ait demandé quoi que ce soit[53]... » Et question ressentis, ce ne sont pas les plus agréables : le dépendant vit dans la peur perpétuelle de perdre l'autre avec son lot de jalousie, méfiance et angoisse. Par exemple, si le dépendant sait que l'autre s'absente un week-end, il va tout faire pour ne pas rester seul et remplir complètement son agenda. Ça vous rappelle quelqu'un ? Si oui, il est temps d'agir !

53. *Ibid.*

CES HOMMES À ÉVITER…

> *You made me forget myself.*
> *I thought I was someone else…*
> *Someone good.*
>
> Lou Reed

> Tu m'as fait m'oublier.
> Je pensais que j'étais quelqu'un d'autre… Quelqu'un de bien.

Il ne s'agit pas de « psychologiser » l'autre à tout prix. Il y a, certes, toute une série de cercles vicieux mentaux qui peuvent nous rendre stupides en amour. Il y en a un particulièrement qui consiste à penser que quand ça ne va pas, c'est uniquement la faute de l'autre ET qu'il a un problème psy… Soyons vigilants mais sans voir le mal partout.

Froids, calculateurs, dominateurs, nombre de prédateurs cherchent des femmes afin de regonfler leur ego à l'arrêt, voire (très) diminué. Ils savent bien cacher leur jeu, agissent dans l'ombre, mais attention : une fois démasqués ils sont incapables de reconnaître leurs torts, et crient même à l'injustice.

REPÉRER LES *RED FLAGS*

Voici un petit florilège de comportements ou de traits de personnalité couramment considérés comme problématiques dans les relations amoureuses :

– **L'homme manipulateur :** ce type d'homme cherche à contrôler et à manipuler sa partenaire, utilisant des tactiques telles que la culpabilisation, la coercition émotionnelle ou la dévalorisation. Il peut chercher à obtenir ce qu'il veut sans prendre en compte les besoins et les sentiments de l'autre.

On a aussi en catalogue le « ***ghosteur*** **manipulateur** » (et c'est du lourd…).

Le genre d'homme qui peut être fou amoureux un jour et vous a « oubliée » pendant quelques jours (minimum) et revenir comme une fleur. Ses allers-retours sont injustifiés, et on sait que malgré nos espoirs de changement, cela ne nous mènera à rien mais on est amoureuse, alors on reste accrochée à ce rêve… Mais une des bonnes thérapies est de passer du temps avec des gens qui nous font du bien. On découvre

… /…

qu'il existe des relations simples et belles… Et que le problème ne vient surtout pas de nous !

– **L'homme (simplement) égoïste :** celui-ci se concentre principalement sur ses propres besoins et désirs, sans se soucier véritablement des besoins et des sentiments de sa partenaire. Il peut manquer d'empathie et de capacité à se mettre à la place de l'autre personne.

– **L'homme abusif :** ce type d'homme peut être verbalement, émotionnellement ou physiquement violent envers sa partenaire. Il peut exercer un contrôle excessif, adopter des comportements jaloux ou agressifs, et causer des dommages physiques ou émotionnels plus ou moins graves.

– **L'homme irrespectueux :** celui-ci manque de respect envers sa partenaire, ses opinions et ses limites. Il peut ignorer ou minimiser les besoins et les sentiments de l'autre, manquer de considération et d'attention envers elle. En fait, il la rabaisse sans cesse.

– **L'homme infidèle :** ce type d'homme peut chercher de manière compulsive des aventures ou des relations extraconjugales. Il manque de respect envers les engagements pris dans la relation.

– **L'homme narcissique :** ce concept psychanalytique apparaît dans les années 1980. Le psychanalyste Paul-Claude Racamier le définit par deux pathologies différentes : le narcissisme

… /…

(l'intérêt excessif pour soi) et la perversion, en utilisant l'autre à ses propres fins...
Celui-ci se concentre excessivement sur lui-même, cherchant à être admiré et valorisé en permanence. Il peut manquer d'empathie, se comporter de manière égocentrique et avoir du mal à prendre en compte les besoins et les sentiments de sa partenaire, imbu qu'il est de lui-même.
– **L'homme indécis ou peu engagé :** celui-ci hésite à s'engager pleinement dans une relation sérieuse et craint l'intimité émotionnelle ou l'engagement à long terme. Il peut être inconstant, peu fiable ou peu investi dans la relation.

Il existe également plusieurs mythes courants concernant les hommes en amour, que l'on peut, à leur décharge, remettre en question :
– **Les hommes ne peuvent pas exprimer leurs émotions :** ce mythe suggère que les hommes sont incapables d'exprimer leurs émotions de manière authentique. En réalité, les hommes sont tout aussi capables d'exprimer et de ressentir une gamme d'émotions, mais ils peuvent être influencés par des normes sociales restrictives qui leur dictent de réprimer ou de cacher leurs sentiments.
– **Les hommes ne recherchent que le sexe :** ce mythe suppose que les hommes sont uniquement motivés par le désir sexuel et ne recherchent pas d'engagement émotionnel dans une relation. En réalité, les hommes ont une

... /...

diversité de besoins, d'aspirations et de motivations dans leurs relations amoureuses, tout comme les femmes.

– **Les hommes doivent être dominants :** ce mythe véhicule depuis toujours l'idée que les hommes doivent exercer un contrôle et une domination dans une relation. En réalité, les relations saines reposent sur l'égalité, le respect mutuel et la collaboration, sans qu'il y ait de rôle prédéfini basé sur le genre.

– **Les hommes doivent être « chevaleresques » :** ce mythe associe les hommes à des comportements traditionnellement considérés comme « chevaleresques », tels que payer pour les invitations, ouvrir les portes ou prendre les devants dans une relation. En réalité, ces comportements sont des constructions sociales et ne définissent pas la valeur ou la masculinité d'un homme, bien qu'ils soient plus qu'agréables…

– **Les hommes ne peuvent pas être vulnérables :** ce mythe suggère que les hommes ne peuvent pas montrer de vulnérabilité, car cela serait perçu comme une faiblesse. En réalité, la vulnérabilité est une caractéristique humaine naturelle, et il est important pour les hommes de pouvoir exprimer leurs préoccupations, leurs peurs et leurs besoins émotionnels de manière saine et authentique.

LES MAUX PAR LES MOTS

Ce sont des agressions qui passent souvent sous les radars : humiliations, contrôle, surveillance, agressions verbales.

On retrouve souvent la même histoire dans ce fléau qui ne dit pas son nom : le prince charmant, la lune de miel et le masque qui tombe, les premières remarques humiliantes, blessantes, les crises de jalousie, des ascenseurs émotionnels et des colères imprévisibles… un homme qui souffle le chaud et le froid. Et souvent avec des femmes qui n'ont rien vu venir.

La faute aux fameuses lunettes roses dont nous avons déjà parlé ? Pour la psychologue et spécialiste au sein du couple Dyane Arkoub, « Les violences psychologiques commencent de façon très ténue et vont crescendo. Elles sont protéiformes, avec des agressions verbales – insultes, surnoms dégradants, remarques dénigrantes, humiliations publiques –, de la diffamation, du mensonge, de la manipulation, des regards noirs. Il y a aussi une prise de contrôle, un harcèlement par téléphone, par mail. Le plus frappant, c'est le caractère répétitif, insidieux[54] ».

54. *Elle*, 23 novembre 2023.

Pourtant, cette emprise qui se déroule souvent à huis clos est bien plus fréquente qu'on ne l'imagine. 80 % des femmes qui appellent le 39 19 le font pour des violences psychologiques, beaucoup plus que pour des violences physiques. Des violences que l'on a du mal à considérer comme réelles, ou plus « légères » en l'absence de coups. Mais elles suffisent à détruire (et souvent pour longtemps) une victime, qui perd toute confiance en elle. Les films (*Mon roi* de Maïwenn, 2015, et *L'Amour et les Forêts* de Valérie Donzelli, 2023), livres et témoignages (Billie Eilish, Judith Chemla, Lily Collins...) émergent depuis peu, aidant à prendre conscience de ce mécanisme sournois.

Le chiffre est glaçant : jusqu'à deux cents femmes seraient poussées au suicide par un conjoint harceleur (projet européen sur les suicides forcés), un sujet encore tabou et peu étudié. « La plupart des victimes développent également des pathologies, car elles sont dans un état d'hypervigilance qui génère beaucoup de stress et d'épuisement, constate Dyane Arkoub. L'effet sur le corps est dévastateur. Il y a une dégradation de la santé, des douleurs, des maladies auto-immunes, des cancers et des troubles psychopathologiques comme le stress post-traumatique, l'anxiété ou la dépression. Certaines disent qu'elles auraient préféré recevoir des coups, car les mots s'inscrivent dans le psychisme. C'est comme un conditionnement[55]. »

À noter : parmi les hommes abusifs, beaucoup de « costumes trois-pièces », classieux au discours acéré,

55. *Ibid.*

et des victimes issues de classes sociales privilégiées. Une forme de violence « raffinée », qui serait moins vulgaire à travers les mots que les coups. Mais attention, même si on peut difficilement la prouver, elle ne ferait que précéder la violence physique.

MAIS PAS SI FACILE DE ROMPRE…

Encore plus que pour d'autres profils, ces ruptures peuvent être vécues comme des abandons ou des deuils. Les dépendants sont tellement angoissés à l'idée de se retrouver seuls qu'ils préfèrent rester dans des relations insatisfaisantes, voire nocives. Et le principal danger est là : préférer une relation toxique à la solitude. Et cela peut être encore pire : lorsque l'on tombe sur une personne qui nous met sous emprise. Bonjour la difficulté pour s'en défaire, cela peut durer des années !

LES SIGNAUX QUI DOIVENT VOUS ALERTER :

– si on est capable de s'oublier ou de faire n'importe quoi pour que l'autre reste dans notre vie ;
– si votre partenaire vous dit fréquemment d'arrêter de vous comporter comme une enfant ;

… /…

– si vous avez des pensées obsessionnelles, notamment lorsque l'autre ne répond pas à vos messages ;
– et enfin si vous culpabilisez trop et que vous êtes persuadée que votre façon d'être va forcément conduire à la rupture…

Mais ne nous mentons pas : la meilleure manière de « guérir » et de prendre conscience de notre dépendance est parfois de passer par le cabinet d'un thérapeute et d'écouter des copines sensées et non dupes !

LE FLÉAU DE LA DÉPENDANCE AFFECTIVE...

« On se veut
On s'enlace
On se lasse
On s'en veut.

Louise de Vilmorin

C'est simple : pour le dépendant affectif, c'est « tout ou rien », explique la psychologue Geneviève Krebs. « Son système repose sur la culpabilité de ne pas se montrer à la hauteur, ou bien il peut se faire tyran en imposant ses exigences de peur que l'autre ne le trahisse : dépendant affectif *insecure* ou contrôlant, s'il n'est pas facile [?] de l'être, ça l'est encore moins de vivre à ses côtés. »

D'où ça vient ?

La dépendance affective est un schéma comportemental et émotionnel dans lequel une personne (surtout les femmes, paraît-il) développe une forte dépendance émotionnelle envers son partenaire ou sa relation amoureuse. Les principaux signes :

– **La recherche constante d'approbation et de validation :** les femmes dépendantes affectives peuvent chercher de manière excessive l'approbation et la validation de leur partenaire, mettant ainsi leur estime de soi et leur bonheur entre les mains de l'autre.

Il existe même des groupes de « Dasa » (dépendants affectifs et sexuels anonymes) ! Inspiré de son homologue anglo-saxon SLAA (*Sex and Love Addict Anonymous*), ce réseau rencontre un franc succès dans notre pays, avec la tenue de plusieurs réunions une fois par semaine dans des grandes villes comme la capitale, mais aussi Nantes, Strasbourg ou encore Montpellier. Un programme en plusieurs étapes, une dimension spirituelle présente avec une prière de sérénité (directement inspirée des groupes d'alcooliques anonymes dans les années 1930 aux États-Unis), et une quête holistique à travers le rétablissement de la connexion corps/esprit.

Le psychologue américain Stanton Peele est le premier à établir la liste des symptômes dans son ouvrage *Love and Addiction* (devenu depuis une bible pour les thérapeutes traitant de ce type de dépendance). « L'amant objet de la dépendance constituerait un "substitut" aux relations sociales ordinaires, chez un "addicté" habité par "une angoisse de séparation" née de relations familiales dysfonctionnelles[56] », résume la journaliste scientifique Justine Canonne. Celle-ci résume les deux types de dépendance identifiés par l'addictologue Marc Valleur : la « dépendance routinière » et le « bovarysme », en référence à l'héroïne de Flaubert. Dans le premier cas, la relation dont le sujet est dépendant vise à combler un « vide existentiel ». Le conjoint remplit alors une fonction de protection à l'égard de l'extérieur, la relation de dépendance étant le « prix du rassurement ». À l'inverse, amours au premier regard, idéalisation du partenaire visé, besoin de romantisme et de mélodrame sont les symptômes du bovarysme. Bref, ici, les addicts seraient amoureux… du sentiment amoureux. Et surtout, prompts à rompre le lien une fois les premiers émois passés. Toutefois, la journaliste met en garde face à une « pathologisation » excessive des rapports amoureux en pointant l'enjeu (et le casse-tête) de toute relation amoureuse : la recherche dans le même temps de la passion et de la sécurité…

La bonne nouvelle, c'est que l'on peut guérir de cette dépendance. En ayant assez de discernement pour en prendre conscience (j'ai été dans cette situation et malgré les remarques de mes amis, il m'aura fallu huit ans pour en sortir). C'est un processus qui peut donc être long. Comme chaque processus de détoxication. Il faut ici cesser de confondre amour et souffrance ! Selon l'analyse transactionnelle clinicienne, le chemin vers l'autonomie se fait en quatre phases, à la fois successives et cycliques :

56. **Jean-François Marmion**, *Psychologie de la connerie en amour*, Sciences humaines.

la dépendance, la contre-dépendance, l'indépendance et l'interdépendance.

Ne le nions pas : le passage vers « l'étape 2 » de la contre-dépendance peut prendre (beaucoup) de temps et surtout se faire assez violemment. Pour faire simple, la violence de la crise et la souffrance qui en résulte sont proportionnelles au degré de dépendance du couple. Et cela se solde bien souvent par une rupture, mais pas tout le temps : si les deux partenaires sentent qu'ils ont encore assez de désir, d'amour et de motivation pour rester ensemble. Un travail de « purification » s'impose alors : ils devront nettoyer et renouveler cette relation. Souvent, ils décident plus de liberté, d'acceptation des différences de l'autre pour laisser la place à l'émergence d'un lien plus mature.

ÊTES-VOUS DÉPENDANTE AFFECTIVE ?

UN PETIT DIAGNOSTIC

– **Une peur intense de l'abandon :** la peur de l'abandon est courante chez les personnes dépendantes affectives. Les femmes amoureuses peuvent craindre d'être laissées par leur partenaire, ce qui peut les conduire à adopter des comportements de contrôle ou à se sacrifier pour éviter l'abandon.

– **Un besoin constant de proximité émotionnelle :** les femmes dépendantes affectives peuvent éprouver un besoin intense de proximité émotionnelle avec leur partenaire. Elles peuvent être incapables de se sentir comblées ou en sécurité émotionnelle sans une attention constante de la part de leur partenaire.

– **Une difficulté à maintenir des limites saines :** les femmes dépendantes affectives peuvent avoir du mal à établir et à maintenir des limites

… /…

saines dans leurs relations. Elles peuvent être enclines à sacrifier leurs propres besoins, à tolérer des comportements nocifs ou à accepter des relations déséquilibrées.

– **Une peur de l'autonomie et de la solitude :** les femmes dépendantes affectives peuvent avoir une peur profonde de l'autonomie et de la solitude. Elles peuvent éviter de se retrouver seules ou de prendre des décisions autonomes, cherchant constamment la compagnie de leur partenaire pour combler un vide émotionnel.

– **Une négligence de soi :** les femmes dépendantes affectives ont souvent tendance à se négliger elles-mêmes au profit de leur relation. Elles peuvent mettre les besoins de leur partenaire avant les leurs, perdre leur propre identité ou renoncer à leurs intérêts personnels.

Pas étonnant que cette dépendance affective puisse avoir des répercussions négatives sur la santé émotionnelle, la confiance en soi et les relations ! Il est essentiel de développer une autonomie émotionnelle, de cultiver une estime de soi saine et de travailler sur l'indépendance émotionnelle pour surmonter la dépendance affective et établir des relations équilibrées et épanouissantes.

Si votre vision de l'amour dépend de ces critères, il y a de fortes chances que vous soyez atteinte par ce mal : si vous êtes toujours dans l'attente qu'il vous donne de l'amour, si votre existence ne prend du sens que parce qu'il est là et que son unique présence vous rend heureuse, sereine, et qu'*a contrario* votre vie n'est que souffrance en son absence… Si vous voulez le posséder tout comme il vous possède, cette fusion ne peut entraîner que soumission et domination. Et la tristesse, voire le désespoir, qui en découle.

QUELQUES PETITS REMÈDES…

Prise de conscience : le premier pas consiste à reconnaître et à prendre conscience de la dépendance affective. Identifiez les schémas de comportement et de pensée qui contribuent à la dépendance et comprenez comment ils affectent votre bien-être émotionnel et vos relations.

Travail sur l'estime de soi : renforcez votre estime de soi et votre confiance en vous. Identifiez vos qualités, vos talents et vos valeurs personnelles. Apprenez à vous aimer et à prendre soin de vous-même, indépendamment des autres.

Fixation de limites saines : apprenez à établir et à maintenir des limites saines dans vos relations. Identifiez vos besoins et vos valeurs, et communiquez-les clairement à votre partenaire. Soyez prête à dire « non » lorsque cela est nécessaire et à respecter vos propres limites.

… /…

Développement de l'autonomie émotionnelle : cultivez votre autonomie émotionnelle en développant vos propres centres d'intérêt, en poursuivant vos passions et en prenant des décisions autonomes. Apprenez à gérer vos émotions de manière saine et à prendre soin de vous-même sur le plan émotionnel.

Renforcement des relations amicales et familiales : cultivez des relations saines et équilibrées avec vos amis et les membres de votre famille. Entourez-vous de personnes positives qui vous soutiennent et vous encouragent dans votre processus de guérison.

Développement de nouvelles compétences relationnelles : travaillez sur le développement de compétences relationnelles saines, telles que la communication assertive, l'écoute empathique et la résolution de conflits. Apprenez à construire des relations basées sur le respect mutuel, l'équilibre émotionnel et la satisfaction mutuelle.

Reconnexion au corps : yoga, jogging, méditation…

Soutien d'un professionnel : si la dépendance affective est profondément enracinée et difficile à surmonter par vous-même, il peut être bénéfique de rechercher l'aide d'un professionnel de

… /…

la santé mentale, comme un thérapeute ou un conseiller, qui peut vous accompagner dans le processus de guérison et vous fournir des outils et des stratégies adaptés à votre situation.

Mais soyez indulgente avec vous-même : votre « guérison » peut prendre du temps et nécessiter un engagement personnel. Soyez patiente et ouverte à la croissance et au changement. Chaque étape vers une plus grande autonomie émotionnelle et des relations plus saines est un pas dans la bonne direction.

QUID DE L'ÉPOQUE POST-#METOO ?

Aujourd'hui, nous avons toutes la possibilité de créer notre propre schéma/modèle, qui sort du carcan que l'on nous a trop longtemps infligé : par les hommes/la société patriarcale tout d'abord, mais aussi souvent par nos mères elles-mêmes. Pour ma part, je m'inspire aussi bien des traditions et rituels ancestraux que des nouvelles découvertes scientifiques.

Beaucoup de femmes ont pu se demander quel pouvait être le sens de la drague après #MeToo. Il est vrai qu'avant cette vague de révélations, on pensait que ça n'arrivait qu'aux autres.

Mais que faire pour qu'une rencontre cesse d'être une lutte de pouvoir ?

Selon moi, cela soulève deux grandes questions : peut-on désirer sans dominer ? ET doit-on tout réapprendre ?

Aujourd'hui, notre expérience devrait être une expérience de liberté, un chemin vers nous qui révèle la femme dans toute sa puissance et sa pleine lumière. Une forme de réconciliation intérieure, pour se réconcilier avec l'homme. Car, on le sait, le Féminin lie, relie, réconcilie.

Mais comment faire entendre son propre consentement quand on a tellement l'habitude de faire passer le désir des autres avant le sien ?

Comment construire et conceptualiser une relation égalitaire… ?

Rainer Maria Rilke nous explique bien comment, dans ces questionnements, cette quête est le chemin. « Efforcez-vous d'aimer vos questions elles-mêmes, chacune comme une pièce qui vous serait fermée, comme un livre écrit dans une langue étrangère. Vivez vos questions », dit-il dans ses *Lettres à un jeune poète*.

Finalement, est-ce que la seule solution à toutes les blessures d'amour (les plus profondes et inavouables), ce ne serait pas justement davantage d'amour, mais un amour au-delà de nos œillères ?

LE SYNDROME DU PRINCE CHARMANT… OU LA QUÊTE D'UN IDÉAL IMPOSSIBLE

Le syndrome du prince charmant, également connu sous le nom de « syndrome de Cendrillon » ou « syndrome de la Belle au bois dormant », fait référence à un schéma de pensée dans lequel une personne, généralement une femme, croit que son bonheur et son épanouissement dépendent entièrement de la rencontre avec le partenaire romantique parfait, souvent décrit comme le « prince charmant ». Plusieurs critères rejoignent, vous le constaterez, ce que nous venons de voir…

Attentes irréalistes : les personnes atteintes du syndrome du prince charmant ont souvent des attentes irréalistes quant à leur partenaire idéal. Elles peuvent rechercher une perfection impossible à atteindre, en espérant que leur partenaire comble tous leurs besoins et tous leurs désirs.

Dépendance émotionnelle : les personnes touchées par ce syndrome peuvent avoir une forte dépendance émotionnelle à l'égard de leur partenaire. Elles peuvent compter sur leur partenaire pour leur bonheur et leur épanouissement, ce qui peut entraîner une perte d'autonomie émotionnelle et une vulnérabilité accrue en cas de rupture ou de déception.

Négligence de soi : les personnes atteintes du syndrome du prince charmant peuvent avoir tendance à négliger leurs propres besoins et à se sacrifier au profit de la relation. Elles peuvent mettre de côté leurs aspirations personnelles, leurs passions et leur développement individuel pour se concentrer exclusivement sur la relation et le bonheur de leur partenaire.

Idéalisation de l'amour : les personnes touchées peuvent idéaliser l'amour et croire que la relation parfaite doit être exempte de conflits, d'efforts et de compromis. Elles peuvent avoir du mal à faire face aux réalités et aux défis des relations réelles, ce qui peut entraîner des déceptions constantes et des difficultés à maintenir des relations à long terme.

Difficulté à être seule : les personnes atteintes du syndrome du prince charmant peuvent avoir une peur intense d'être seules. Elles peuvent ressentir un vide émotionnel lorsqu'elles ne sont pas en relation, ce qui peut les pousser à rechercher activement un partenaire, même si cela signifie s'engager dans des relations insatisfaisantes ou malsaines.

Impact sur l'estime de soi : ce syndrome peut avoir un impact négatif sur l'estime de soi des personnes concernées. Si elles ne parviennent pas à trouver le partenaire idéal ou à maintenir une relation parfaite, elles peuvent se sentir inadéquates, indésirables ou indignes d'amour.

Il est important de reconnaître et de remettre en question les schémas de pensée et de comportement associés au syndrome du prince charmant. Il est essentiel de cultiver une autonomie émotionnelle, de se concentrer sur le développement personnel et de construire des relations basées sur l'équilibre, le respect mutuel et la communication saine. Le soutien d'un professionnel de la santé mentale peut être bénéfique pour aider à explorer et à changer ces schémas de pensée et à favoriser des relations plus épanouissantes.

L'AMOUR SOUS ALGORITHME : DES RÉSEAUX SOCIAUX AUX SITES DE RENCONTRES...

Dans une ère où les rencontres amoureuses sont bien trop souvent dictées par les applications de rencontres et le lot d'algorithmes qui les accompagne, ou encore par les tests dont regorge une certaine littérature de la presse féminine pour repérer les manipulateurs et autres pervers narcissiques, nous sommes peut-être en train de perdre le langage humain. Et si on arrêtait d'hyperintellectualiser, et que l'on sortait de notre mental pour se fier à ce que nous dit notre corps ?

On pourrait penser qu'après la libération des années 1970, le rêve de la robe de mariée blanche avait été remisé dans le placard de nos illusions... Que nenni ! Le mythe de l'âme sœur, où deux êtres sont prédestinés et doivent se retrouver pour unir leurs vies, a la peau dure. Revenons pour cela à notre bon Aristophane, disciple de Platon. C'est lui qui nous raconte le mythe de l'androgyne : selon lui, au début, les femmes et les hommes constituaient des êtres uniques. Alors que ceux-ci décident de se prendre pour des dieux, il n'en fallut pas moins pour déclencher l'ire de ces derniers qui décidèrent de les séparer en deux, en guise de punition. Et c'est ainsi que depuis, chacun chercha sa moitié. Aristophane nous parle aussi du « troisième genre » : l'androgyne, qui préexistait au genre humain. Insolent et espiègle, il se déplaçait de manière circulaire jusqu'à ce que Zeus le scinde en deux pour l'affaiblir, et « Voilà que chaque moitié, désirant l'autre, allait à elle ». C'est ainsi que Platon explique l'origine de l'amour : en retrouvant l'être aimé et en se fondant en lui, cela permet de ne faire qu'un seul être « complet » au lieu de deux… Il s'agit sûrement de la première comédie romantique jamais écrite !

Une croyance qui nous poursuit encore aujourd'hui jusqu'aux sites de rencontres. Jusqu'à ce qu'on se rende compte qu'il n'y aurait peut-être pas qu'une âme sœur… Fini le mythe de l'androgyne, la légende de l'amour absolu selon lesquels un seul être nous correspondrait !

Et tout commença avec Tinder…

Avant, on allait chez un coiffeur essayer une nouvelle coupe ou couleur en « postrupture », aujourd'hui, c'est bien souvent le package inscription à la salle de sport et à Tinder ! Les *matchs* (une action montrant que deux personnes s'intéressent et peuvent entamer une nouvelle discussion et pourquoi pas se rencontrer) viennent panser les failles de notre ego, bien abîmé par l'épisode que nous venons de traverser.

Après avoir épluché les cercles « d'amis d'amis » (et ses propres amis !), on se dit un jour pourquoi pas les sites. Pour beaucoup, être sur les sites donnerait le même effet que d'être enfermée dans un magasin de confiseries et de pouvoir piocher à sa guise dans les bocaux… Pour peu que l'on mette sur son profil une photo sympa, les compliments pleuvent : rien de mieux pour booster votre ego ! Et c'est là que les échanges virtuels ont un côté pratique : on peut grignoter quelques années sur son âge…

Mais cet aspect/dimension catalogue m'a toujours écœurée (certaines iront jusqu'à parler de l'étal de viande d'un boucher) ; Tinder devient addictif et chronophage, or tout le monde sait que notre énergie n'est pas extensible à l'infini : quand on la met quelque part, on ne peut pas la concentrer ailleurs.

Le nombre de nos *dates* (et de nos déceptions à la suite de ces rendez-vous !) sur Tinder a désacralisé la naissance du sentiment amoureux. Toujours en quête des premiers émois, on ne passe pas le cap de la construction. Et comme souvent, ce sont les femmes, fréquemment qualifiées de « grandes romantiques désespérées », qui n'y trouvent pas leur compte.

Aujourd'hui, tout commence et se termine bien souvent par un SMS. Alléger la morsure de la solitude. Comme l'explique Éliette Abécassis : « Nous n'avons jamais affaire à l'autre, mais à l'autre de l'autre, c'est-à-dire son altérité qui fait qu'il nous échappe sans cesse, et au moment même où nous pensions l'avoir en notre possession, le voilà déjà ailleurs[57]. » L'application de rencontres a débarqué en France en 2013, ne demandant qu'un geste « simple » mais qui, à moi, me fait froid dans le dos : le *swipe*. Vous balayez votre écran vers la droite pour « sélectionner » une personne, et vers la gauche pour la rejeter. Si l'attrait est réciproque, bingo ! C'est le *match*, vous pouvez vous parler. Le pouce sur l'écran, on *swipe* donc, en faisant défiler comme de simples produits de consommation les différents candidats, et en espérant trouver toujours mieux. Jusqu'à l'écœurement. Enfin « on », pas si sûr : ce sont plutôt les nouvelles mises à jour des algorithmes qui sélectionnent le candidat susceptible de vous plaire.

L'application revendiquait 60 millions d'inscrits fin 2015, depuis, Tinder ne communique plus le nombre total d'abonnés… On sait simplement qu'au niveau mondial, la France est le quatrième pays au monde où l'application est la plus téléchargée ! De septembre à juin, c'est Paris et Nice qui remportent la palme de l'été, l'ambiance estivale des chaudes soirées n'y est sûrement pas pour rien. Ah oui… un dernier chiffre : 45 millions de *swipes* sont réalisés, chaque jour, rien qu'en France !

Quand on sait, comme le démontre brillamment Judith Duportail dans son essai *L'Amour sous algorithme*[58], que Tinder ne monnaie ni plus ni moins que l'accès à nos informations auprès d'entreprises

57. Éliette Abécassis, *De l'âme sœur à Tinder*, Larousse.
58. Judith Duportail, *L'Amour sous algorithme*, La goutte d'or.

qui vont ensuite les exploiter pour nous adresser de la publicité ciblée selon nos centres d'intérêt, on comprend mieux pourquoi... La journaliste a même interviewé un « sociologue du *swipe* » et en déduit que Tinder nous tient par le bon *swipe* qui n'est ni plus ni moins qu'un besoin « viscéral » de validation. Elle découvre même le concept effarant de note de « désirabilité ». Pas de quoi renforcer la confiance des femmes en elles !

Pour la sociologue Eva Illouz, les sites et applications ont créé un « marché de la transaction intime ». Une expression qui résume bien tristement (mais justement) les choses.

Selon les échos des utilisateurs, l'euphorie provoquée par les shoots de dopamine à chaque *like* ne dure pas... Les femmes ont simplement le sentiment de se faire « boutdeviandiser »... Dans cette société de plus en plus opaque et un monde de plus en plus abstrait, ces sites de rencontres ne reflètent qu'un rapport consumériste à l'Autre, ni plus ni moins, avec toujours cette tentation d'aller voir s'il y a mieux en rayon ! Nous sommes désormais gouvernés par des algorithmes, des statistiques, l'économie quantifie les sentiments. Eva Illouz parle de « capitalisme émotionnel », où les émotions se trouvent transformées en marchandises et où les affects sont « exploités » sur le marché. Selon elle, le désir est placé au cœur du marketing en le déconnectant du sentiment. On passe de ses courses en ligne au premier site de rencontres qui nous passe par la tête. Tout est à disposition d'un clic ! Mais là où les femmes cherchent un partenaire pour vivre une histoire d'amour et non uniquement de sexe, les hommes s'étonnent, eux, de ce que ces femmes cherchent l'amour en allant sur ces sites. Quel paradoxe ! Si aujourd'hui le sexe n'est plus tabou, parler de ses sentiments le devient ! C'est simple, on ne sait plus comment réagir face au besoin d'amour.

On a perdu le mode d'emploi : un SMS sans réponse, et nous voilà perdues.

Une chose peut nous sauver et réinjecter un peu de sens : l'émoticône (une suite de caractères alphanumériques utilisée dans un message électronique pour former un visage stylisé exprimant une émotion). Il s'agit en fait de l'expression de l'état d'esprit du moment (colère, peur, doute, perplexité...). Roland Barthes l'avait pressenti : « Dans l'époque actuelle, cette espèce d'amour-passion, d'amour-romantique, n'est plus à la mode [...]. S'il s'agissait d'affirmer une perversion ou une sexualité, à ce moment-là, le sujet trouvera un langage théorique, depuis vingt ans, qui l'aidera à se comprendre et s'affirmer. Mais s'il lui advient d'être amoureux comme on l'était du temps de Werther, eh bien à ce moment-là, autour de lui ne répond. [...] Il y a un renversement. Et maintenant, je prétends qu'un sujet, je dis bien un sujet pour ne pas prendre parti à l'avance sur le sexe de ce sujet, un sujet amoureux aura beaucoup de mal à vaincre l'espèce de tabou de la sentimentalité, alors que le tabou de la sexualité aujourd'hui se transgresse très facilement. »

Et depuis...

De nos jours, les femmes sont de plus en plus nombreuses à quitter ces sites de rencontres.

Certaines en sont même au point de faire un « burn-out » amoureux. Trop chercher sur les applis et sites de rencontres peut vite virer à la spirale affective infernale : on *swipe*, on chatte, on rêve, on rencontre et on recommence…

Après un an, trente rencards et plus de mille notifications, vous vous réveillez ou vous endormez toujours seule ! Avec, au choix, des hommes mariés qui veulent s'amuser, des hommes qui ne se remanifestent pas, et ceux qui ne plaisent pas… Alors OK, le problème des applis de rencontres n'est pas qu'elles déçoivent (quoique), mais de ne pas savoir s'arrêter. Quitte à laisser notre vie sociale de la « vraie vie » de côté : on va jusqu'à annuler des soirées avec nos amis, parce qu'on est pendus à notre téléphone, qu'on a hâte de nous connecter…

LES « JOIES » DES NOUVELLES INCIVILITÉS DE NOTRE ÉPOQUE

Quelle femme (et homme aussi, avouons-le) n'a pas été victime récemment d'« incivilités collectives » : *ghosting*, *orbiting*, *gaslighting*, *zapping* et autres délicatesses.

L'audace, la confiance en soi ont bien des raisons de plier bagage… lorsque l'on découvre le lot d'incivilités affectives aujourd'hui. Eh oui, mesdames, vous avez le choix entre le *ghosting* (pratique très courageuse et malheureusement banalisée), qui consiste à se séparer d'une personne en rompant brusquement tout contact avec elle (messages, appels, etc.), le *breadcrumbing* (littéralement, la dissémination parcimonieuse des miettes relationnelles), un processus encore plus malsain à mon sens qui consiste à prendre des nouvelles de l'autre pour qu'il ne vous oublie pas, sans pour autant faire avancer concrètement la relation, ou encore l'*orbiting* (ignorer la personne tout en continuant à réagir à sa vie sur les réseaux sociaux uniquement avec des émojis).

Et pour finir, le *zapping* qui porte bien son nom… où vous n'entendrez plus jamais parler de votre *date* !

D'où vient le gaslighting ?

Même s'il n'est pas réservé uniquement aux réseaux sociaux, un nouveau terme a fait également (malheureusement) son apparition : le *gaslighting*. On le retrouve quasiment partout, mais peu connaissent son origine. Cet anglicisme, qui désigne une forme de manipulation mentale, a récemment fait son entrée dans le lexique féministe français. C'est en fait une technique d'intimidation pas vraiment comme les autres. En résumé, le *gaslighter* va trouver un moyen de disqualifier sa proie, bien souvent une femme, jusqu'à la faire douter de sa santé mentale, de sa raison et en inversant les rôles : forcément, c'est lui la victime et elle le problème ! Ce terme est connu depuis longtemps outre-Atlantique, grâce au film de George Cukor, *Gaslight* (« hantise »), sorti en 1944. Cette histoire, qui se déroule au XIXe siècle, met en scène une jeune femme (Ingrid Bergman) dont l'époux est un homme qui porte un lourd secret. Celui-ci l'isole, la manipule dans l'unique but de la faire passer pour une folle aux yeux du monde… (Jusqu'ici, rien de nouveau, me direz-vous.) Mais un « détail » la terrifie : à chaque fois qu'elle se retrouve isolée chez elle, l'éclairage au gaz (*gaslight*) diminue de manière inquiétante, de façon inexpliquée comme si elle n'était pas seule dans la maison. Bien évidemment, son mari nie pour entretenir la confusion et l'angoisse de sa femme.

Ce qu'il faut bien considérer comme une entreprise de « déqualification » de l'épouse (pourtant aimante et dévouée) a tellement interpellé les femmes de l'époque (et pas que les *desperate housewives* des années 1950) que ce terme est devenu un concept. Dans son excellent essai, Hélène Frappat montre même que le *gaslight treatment* est apparu dans les jugements de divorce. Selon l'écrivaine, ce procédé ne serait ni plus ni moins que celui des pervers narcissiques, avec une nuance apportée par les féministes : c'est qu'un système patriarcal et sexiste a instauré ce *gaslighting*... finissant par faire taire les femmes. En écrivant ces lignes, j'ai le cœur qui se serre en réalisant que mon propre grand-père était complètement un *gaslighter*... avec ma grand-mère.

Et cela rejoint ce que nous avons vu au début de ce livre : c'est de l'histoire collective que les *gaslighters* ont effacé les femmes (même si elles en ont été grandement actrices).

C'est en 2017, lors de l'élection de Donald Trump, que le terme passe de la sphère privée à la sphère publique et qu'il devient une véritable arme politique.

Autre nouveauté des réseaux sociaux : un nouveau lexique de la sexualité, plus que fleuri... Pour ceux qui ont plus de 22 ans, il y a des chances que vous soyez novices en langage de la rencontre amoureuse façon génération Z. Alors, besoin d'une petite mise à jour ? C'est parti ! Oreilles sensibles ou trop prudes, s'abstenir...

Voici un petit florilège du nouvel argot amoureux (et le dico Tinder est là pour nous aider) :

Beige flag **:** un signe qui laisse présager une certaine incompatibilité, surtout avec des personnes que l'on sent ennuyeuses ou fades, sans beaucoup de personnalité.

Benching **:** cet anglicisme vient de l'expression *bench* (« banc de touche ») et signifie « garder une personne sous le coude sans vouloir la rencontrer ». En deux mots : c'est une personne qui met du temps à répondre et ne donne aucun RV. (Perso, je dirais plutôt *red flag* : soit déjà maqué, ou c'est un PN [pervers narcissique]. Fuyez !)

Breadcrumbing : c'est une forme de flirt, mais plutôt légère, voire inexistante, où la personne fait peu d'effort… Typiquement, il va *liker* les messages, stories, réels… mais sans aller plus loin.

Catfishing : il s'agit d'utiliser une fausse identité pour séduire une personne et nouer avec elle une relation romantique ou émotionnelle. Un *fake*, un mytho pour faire simple.

Il y a une autre version : le ***kittenfishing***. Ce n'est pas complètement mentir, mais livrer de fausses informations « uniquement » sur son apparence physique.

Couple goal : ce serait l'objectif qu'un couple vise afin d'atteindre son idéal, un couple qui nous fait rêver (et qui, du coup, nous déçoit aussi…). Pour certains, c'est Victoria et David Beckham, ou encore l'ex-couple Brad Pitt et Jennifer Aniston, Barack et Michelle Obama…

Cricketing : une méthode qui consiste à se faire désirer, à ne pas montrer son intérêt dans une relation. Et le challenge pour nous, c'est de ne pas craquer, de garder la face.

Dealbreaker : un élément qui peut potentiellement causer la rupture, un tue-l'amour, le « truc » qui peut faire flancher notre désir au 109e sous-sol…

Écodumping : quitter quelqu'un à cause de son manque d'engagement dans la cause environnementale et climatique. Bref, tous les écosceptiques sont à dégager.

Ghosting **:** déjà vu, manipulation psy qui consiste à disparaître sans raison apparente... Non, mais pas nous ! Il doit être mort... Il ne nous a même pas larguées...

Go : la petite amie de quelqu'un.

Green flag **:** comme son nom l'indique, et à l'inverse du *red flag*, c'est un signe positif qui montre que la personne est formidable (mais chacun interprète son propre petit signe, c'est selon : pour certains, cela s'arrête à la même marque de céréales que l'on mange le matin ou au même ascendant...).

Haunting **:** procédé (pervers, ajouterais-je) qui consiste à continuer à interagir avec l'autre par le biais des réseaux sociaux en y allant de son petit commentaire, en *likant*... pour surtout ne pas être oublié. D'où l'intérêt de « bloquer » certains ex, au moins c'est radical.

Nexter : passer à autre chose, en stoppant toute interaction.

Recoupling **:** c'est simple, vous venez de vous remettre avec votre ex (ça sonne comme du Gwyneth Paltrow ça ???).

La palme du « flou » revient quand même au terme « ***situationship*** ». Cette contraction (pas très heureuse à mon sens) de *relationship* (une relation amoureuse) et de *situation* (une situation problématique en anglais) qui désigne une histoire d'amour sans étiquette, pas complètement sérieuse ni exclusive dont les limites ne sont pas bien définies. On présente notre chat ou nos amis. Cette forme d'arrangement informel reste une zone grise. En résumé : faire tout ce qu'on peut faire en couple (de la simple séance de cinéma à monter une étagère) en conservant sa totale liberté. Cette relation émotionnelle et sexuelle est par définition temporaire, elle libère les deux partenaires de l'injonction de suivre les étapes classiques du couple (et son exclusivité !). Mais comme souvent dans ce type de situation, il semblerait qu'il y en a toujours un qui trinque plus que l'autre.

Finalement, si on devait résumer toutes ces pratiques, cela pourrait mener à ce que j'évoquais plus tôt : voici apparaître une nouvelle forme de burn-out émotionnel, récemment appelée la « *dating* fatigue ». Version 2.0 de la mélancolie amoureuse, un épuisement mental d'un nouveau type. « Une nouvelle saveur du vide dans la multitude », comme le résume si bien la journaliste Judith Duportail. Pas étonnant que certaines décident de mettre leur cœur sous clé. Clap de fin.

LES NOUVELLES MODALITÉS DE L'AMOUR…

Certains couples le reconnaissent, ils regardent passer le train de la modernité aujourd'hui : *sex friends*, re-re-re-mariés, trouples, parents solos (heureux de l'être… ou pas !). Mais finalement… surprise ! (Seulement) 21 % des individus se disent célibataires entre 26 et 65 ans… comme dans les années 1930 ! En témoigne l'article récent de deux démographes (Nicolas Cauchi-Duval et Nicolas Rebière), paru sur le célèbre site The Conversation[59]. On y retrouve les données officielles sur la vie amoureuse des Français et on s'aperçoit que si la valeur « couple » change, elle résiste ! Les raisons : la multiplication des sites de rencontres (finalement pas si néfastes que ça : depuis 2021, les sites de rencontres sur Internet sont les premiers lieux où les couples se forment) et une audace de choix de vie plus facilement assumée. On se fait une raison, on vivra une, dix, quarante histoires d'amour et alors ? Pourtant, tous âges et générations confondus, 57 % des hommes et 49 % des femmes partagent encore leur vie avec leur premier

59. The Conversation, 8 janvier 2024.

partenaire… Non, non : pas le premier conjoint, le premier AMOUREUX (un chiffre qui en dit long…).

Quid *du polyamour… et de la fidélité ?*

Depuis le début de la notion de couple « romantique », certains ont prêché pour la non-exclusivité.

Cette « non-exclusivité » revient volontiers lors de la révolution sexuelle des années 1960 mais qui profite bien souvent plus aux hommes qu'aux femmes. La sémantique a changé, mais pas les pratiques : appelée aujourd'hui « polyamour », elle prône plus de respect avec une approche plus « consensuelle et éthique ».

Les chiffres parlent d'eux-mêmes : 50 % des personnes avouent avoir eu plus d'un, ou d'une, partenaire en même temps. Selon les anthropologues, on aurait recensé plus de 80 % de sociétés polygames. Regardons du côté de nos amis animaux. Pour le psychiatre Patrick Lemoine, il existe une règle universelle : lorsque, dans une espèce, les mâles et les femelles se ressemblent tant qu'on ne peut les distinguer, la monogamie (donc fidèle) est de mise ! En d'autres termes, la fidélité serait destinée aux hippocampes, aux gibbons ou autres manchots de l'Antarctique. En revanche, attention, nuance : si les deux genres se ressemblent beaucoup (comme les canaris), les espèces pratiqueraient la monogamie avec adultère. En revanche, si leur apparence apparaît si clairement au premier coup d'œil, c'est souvent la polygamie qui est de mise (lions, coqs et… humains).

Les humains sont une des rares espèces à être « constitutionnellement polygames, mais culturellement monogames » (et encore…).

Notons aussi que depuis la nuit des temps, l'infidélité de la femme a été vivement condamnée alors qu'un homme, lui, passe pour un don juan. Eh oui… on en est encore là.

Pour beaucoup, se marier, c'est monter dans un avion qui risque de se crasher… Et nombreux sont ceux qui voient le couple comme synonyme d'aliénation.

Mais les temps et les comportements changent : est-ce qu'aujourd'hui le fait d'« être » en couple est synonyme d'exclusivité sexuelle ? Ne sommes-nous pas les victimes d'une fidélité de « circonstance », comme dirait Paule Salomon ?

Il est intéressant de voir que la fidélité a changé de camp, ce qui compte plus que la fidélité de corps, c'est la fidélité affective, de cœur, comme nous allons le voir.

Un ou des hommes de notre/nos vies ?

L'expression anglaise « *Love me true* » désigne à la fois « vraiment » et « fidèlement ». Jankélévitch explique, dans son *Traité des vertus* : « La fidélité est la vertu du temps continu comme le courage est la vertu du passage à l'acte. » Il s'agit donc d'un engagement. L'instant présent ne suffit pas. Mais aujourd'hui cette notion a beaucoup changé : fidélité physique pour les hommes, plus affective pour les femmes. Cela nous mène au polyamour, désigné au début des années 2010 comme LA nouvelle façon d'aimer, il suffit de voir le nombre de livres et d'articles de boomers sur cette « révolution » à l'époque ! Le terme (entré chez nous en 2020 dans *Le Robert*) nous vient de l'autre côté de l'Atlantique, dix ans plus tôt, avec le *polyamory*, « l'amour de beaucoup ». Une manière « respectueuse » (sur le papier) de vivre plusieurs amours en même temps/de façon simultanée.

Comme le souligne malicieusement Patrick Lemoine dans son excellent ouvrage *Et la fidelité, bordel !*[60], tout dépend du contrat de départ. La fidélité exigée par les femmes pour les hommes est nouvelle : pendant longtemps, le fait que les hommes aillent au bordel était admis, les femmes n'avaient pas le droit d'avoir un orgasme. « C'était très mal élevé, la jouissance était réservée aux maîtresses et aux professionnelles. Un homme fidèle était un ovni ! » explique le psychiatre.

De nos jours, la fidélité peut être perçue de différentes manières. Certaines femmes la considèrent comme étant exclusivement liée à la monogamie sexuelle, tandis que d'autres peuvent y inclure également la fidélité émotionnelle, intellectuelle et spirituelle. Il n'y a pas de définition unique de la fidélité, et chaque individu peut avoir sa propre compréhension et ses propres attentes envers cette notion. Les femmes ont aujourd'hui une plus grande autonomie dans leurs relations amoureuses et sont en mesure de prendre des décisions éclairées concernant leur engagement. Elles ont le pouvoir de définir les termes de celui-ci

---

60. **Patrick Lemoine**, *Et la fidelité, bordel !*, Albin Michel.

et de choisir si elles souhaitent s'engager dans une relation monogame, polyamoureuse ou toute autre forme de relation consensuelle.

Pour certaines femmes, la fidélité est étroitement liée à l'engagement émotionnel et à la construction d'une intimité profonde avec leur partenaire. Elles peuvent valoriser la connexion ressentie et la loyauté comme des éléments clés de leur attachement, au-delà de la fidélité sexuelle. Il est important de savoir que chaque femme a ses propres valeurs et attentes en matière de fidélité, et il n'y a pas de réponse unique ou universelle. Ce qui compte avant tout, c'est que la vision de la constance soit clairement exprimée, comprise et respectée dans le cadre de la relation amoureuse. Les conversations ouvertes, le respect mutuel et la compréhension des besoins et des limites de chacun sont essentiels pour maintenir une relation saine et épanouissante.

Un nouveau phénomène : le « boysober »

Quésaco ? Un phénomène qui vient des États-Unis et qui consiste à se désintoxiquer des hommes. Alors qu'en France 74 % des personnes disent être célibataires par choix, on peut se demander si le couple fait encore rêver…

Plus question de jouer du pouce vers la droite ou la gauche, ni de subir les affres du *dating*, « le régime sans garçon » cartonne de plus en plus et se trouve en passe de devenir à la relation amoureuse ce que le *dry january* est à la consommation d'alcool : une pause pour prendre soin de soi et désapprendre les schémas relationnels malsains (qui peuvent être « consubstantiels » à la vie de couple). Pas besoin d'être avec un homme pour ressentir de l'énergie, de la confiance ou du pouvoir…

Pour la sociologue Marie-Cécile Naves[61], directrice de l'Observatoire Genre et Géopolitique à l'Institut de relations internationales et stratégiques (Iris) : « Cette idée d'être sans homme pour être mieux existait déjà dans les années soixante-dix au sein des sphères féministes. Dans les années quatre-vingt-dix, le célibat choisi et revendiqué est porté par la pop culture. Mais depuis 2010, années post-#MeToo, le féminisme est sorti de la sphère militante pour infuser toutes celles de socialisation sans forcément de conscience politique. Le célibat choisi croise d'autres évolutions sociales comme l'individualisme et le fait de cultiver son bien-être. »

L'idée du couple chez les jeunes a pris un coup dans l'aile. En cause : la quête d'indépendance, de réalisation personnelle, et la dénonciation des modèles patriarcaux. Voici ce que dit Tinder sur le thème du célibat par choix : son étude « Single Not Sorry » (réalisée en 2019) montre que 74 % des Français de 18-25 ans sont célibataires par choix délibéré.

Et les différents qualificatifs ne manquent pas pour remarketer l'affaire… On trouve même des « sologames » qui veulent se marier à eux-mêmes (!), les célibattantes des années 1990 (merci encore *Sex and the City*) ont laissé la place à l'*Eingleoi*

61. Autrice de *Calmez-vous madame, ça va bien se passer*, Calmann-Lévy.

islandais. On utilise plus aujourd'hui dans les pays anglo-saxons le terme « *solo* » que « *single* »... Même si le célibat pas accepté ou a besoin d'être remarketé comme réalité sociologique, on peut se demander si bientôt les couples continueront d'être dans la norme. En France, le célibat a été multiplié par trois en cinquante ans ! Mais relativisons : tout dépend des classes sociales (et des territoires). Il peut être ressenti comme un véritable échec. Le regard des autres, toujours... où la réussite sociale passe par la mise en couple. Et pour l'instant en tout cas, la société (dans son ensemble) continue à considérer les célibataires comme des extraterrestres.

QUELQUES CHIFFRES

Onze millions : c'est le nombre de personnes qui vivent seules en France. Un chiffre presque multiplié par trois entre 1962 et 2019, passant de 6 à 17 % de l'ensemble de la population (Insee).

Selon le Centre d'observation de la société, au sein des seuls 15 ans et plus, cette proportion a augmenté de 13 % en 1990 à quasiment 21 % en 2019.

Avant 20 ans, la part de personnes seules demeure marginale. Elle s'accroît ensuite avant de descendre à environ 14 % entre 40 et

... /...

54 ans. La proportion remonte ensuite quand les enfants quittent le domicile parental.

Les courbes de la part de solos sont nettement différentes pour les hommes et pour les femmes. Entre 25 et 54 ans, les femmes vivent presque deux fois moins souvent seules que les hommes (10 % contre 20 %) parce que la garde des enfants leur est bien plus fréquemment confiée en cas de séparation. Puis, les enfants quittent le domicile et l'écart d'espérance de vie avec les hommes fait qu'elles sont beaucoup plus nombreuses à vivre seules à un âge élevé. Chez les plus de 80 ans, 62 % des femmes vivent seules, contre seulement 27 % des hommes.

La progression de la part de personnes seules résulte de plusieurs facteurs très différents qui se combinent. Chez les jeunes, une nouvelle période de la vie s'est développée à partir des années 1970, entre le départ du domicile des parents et la formation d'un nouveau couple. Ce phénomène est dû à l'allongement des durées de scolarité, ainsi qu'aux difficultés d'insertion dans le monde du travail.

Entre 30 et 50 ans, la part de personnes seules est supérieure chez les hommes : même s'ils se remettent plus souvent et plus rapidement en couple que les femmes, ils ont rarement la charge des enfants. Chez les femmes, ce facteur joue surtout après 45 ans, avec le départ

... /...

des enfants vivant au domicile de leur mère seule.

Concernant les personnes âgées, l'écart d'espérance de vie entre les femmes et les hommes fait que l'on compte beaucoup plus de veuves que de veufs. Le départ de plus en plus tardif en maison de retraite et les politiques de maintien à domicile contribuent à la hausse du nombre de personnes âgées seules.

Enfin, une part de la population choisit de vivre seule tout au long de sa vie ou au moins durant une période plus longue qu'auparavant. L'idée de constituer un couple à un moment donné de sa vie et de fonder une famille reste fortement ancrée dans les mœurs. Mais la part des personnes n'ayant jamais vécu en couple à 35 ans a progressé très légèrement entre la génération née en 1948-1957 et la génération 1968-1977 (le taux passe de 12 à 13 %).

De l'étudiant à la personne âgée vivant en milieu rural, le fait de vivre seul regroupe des réalités qui n'ont souvent rien à voir. Pour certains, cette situation constitue un espace de liberté avant de former un couple, un mode de vie choisi, individuel. Pour d'autres, elle est plus ou moins acceptée, par exemple après une séparation.

« L'allumeuse », un stéréotype encore bien ancré

Un mot banal pour désigner la culpabilité de la femme dans l'éveil des appétits masculins. Ni plus ni moins. La définition du *Petit Robert* est encore plus violente : « nom féminin péjoratif, femme aguichante, qui cherche à susciter le désir ».

Ce mythe féminin tel qu'il est décrit ici est pourtant bel et bien inscrit dans l'inconscient collectif. Je vous épargne les autres termes employés, toujours sexistes et infamants, mais on notera que la figure de la séductrice (qu'elle « couche » ou pas) existe depuis la nuit des temps. Remarquons qu'il n'y a pas de terme équivalent au masculin. L'agrégée de philosophie et journaliste Christine Van Geen[62] déconstruit avec brio ce mythe patriarcal présent sous différentes formes depuis l'Antiquité en démontrant comment cette notion d'« allumeuse » est à la fois la cause et la justification des violences sexistes et sexuelles. Avec un raisonnement masculin des plus simples : si une femme décide de plaire, elle doit en assumer les conséquences. Et on en revient au même point qu'à la Genèse : elle devient coupable et responsable du désir des hommes. Il faut dire que les hommes ont encore un peu de mal à faire la différence entre la femme séductrice et la femme désirante. Alors que ces femmes n'existent comme « allumeuses » que dans le regard de ceux qui se sentent allumés. À méditer.

62. Christine Van Geen, *Allumeuse. Genèse d'un mythe*, Seuil.

APRÈS L'AMOUR...

> « L'amour,
> c'est comme une bonne cuite,
> ça te fout par terre
> et ça te tord les boyaux.
>
> MISFITS

L'autre est parti, détruisant notre couple, nos rêves et nous laissant seul(e), en proie au chagrin et à la douleur. Comment rebondir après une séparation douloureuse ?

Accepter la souffrance

Tristesse, culpabilité, rumination... Lors d'une rupture, nous nous retrouvons submergés d'émotions négatives, d'émotions certes désagréables, mais qu'il ne faut pas éviter, car elles nous permettent de faire le deuil de la relation. Mais pas le choix : il faut en passer par là. Le mot-clé : « équilibre ». Il est ainsi normal de multiplier les activités pour se changer les idées, et ainsi ne pas

« trop y penser ». Il est aussi important de rester seul pour prendre du temps pour penser à soi et paradoxalement à son ex.

Vivre avec des regrets...

Ceux-ci viennent généralement d'une rupture qui ne s'est pas passée proprement et dignement. La faute incombe bien souvent à l'impulsivité dont les mots mènent à un point de non-retour, car ils sont gravés à jamais. Et les regrets peuvent fleurir, d'ordre différent : pourquoi s'être emportée ainsi, pourquoi ne pas être partie avant... Si certains tentent de « rattraper le coup », il est malheureusement trop tard.

Comme l'explique Geneviève Krebs : « Le regret ne sert à rien d'autre que de nous figer dans la culpabilité, la tristesse et la colère. [...] On ne peut pas changer l'histoire mais on peut en tenir compte pour mieux vivre son présent et son futur. Aux remords, il est possible de poser un pardon. L'origine du regret ne se rattrape pas. » Bref, même si je sais personnellement ô combien ce n'est pas évident, il faut avancer pour passer à quelque chose d'autre... en mieux. Terminez-en avec ce sentiment d'inachevé qui vous torture !

Régulièrement, faites le point : « Où est-ce que j'en suis quand je pense à lui/elle ? », « Comment est-ce que je me sens ? »... C'est une bonne technique pour se connecter à ses émotions et les évaluer. Notez aussi les sensations physiques que vous éprouvez et les difficultés que vous rencontrez depuis votre rupture. Cet état des lieux va vous aider à voir ce sur quoi il va falloir travailler.

Gérer le manque

Dans les premiers temps, le manque de l'autre est difficile, voire insupportable. On ne peut imaginer vivre sans lui. Bien sûr qu'on a envie de l'appeler, de lui envoyer des SMS ou d'aller regarder son compte Facebook ou Instagram. Mais il va falloir vous en empêcher, pour ne plus avoir du tout de contacts ou de nouvelles de votre ex. D'ailleurs, n'hésitez pas à prévenir vos amis « bienveillants » que vous ne souhaitez plus en entendre parler, au moins pendant un temps. Le but : vous « désintoxiquer » pour vous retrouver. Débarrassez-vous de tout ce qui peut vous le rappeler (objets, vêtements, photos...), car ce sont autant de piqûres douloureuses qui surgiront dans votre quotidien au moment où vous vous y attendez le moins. Selon la psychologue Lisa Letessier : « Ce ménage est important pour débuter le processus de sevrage. Sinon, c'est comme si vous essayiez d'arrêter de fumer et qu'en permanence quelqu'un vous tendait des cigarettes ou fumait devant vous. Au bout d'un moment, vous allez en reprendre une. »

FAITES LE MÉNAGE

1re étape : mettez les objets liés au souvenir de votre ex dans un carton.

2e étape : quand vous vous sentirez émotionnellement plus stable et en confiance, décidez

... /...

de ce que vous avez envie d'en faire. De les garder ou de les jeter à la poubelle…
3e étape : si vous le pouvez, changez aussi tant soit peu la décoration de votre appartement et l'agencement de vos meubles.
Pendant cette période de « sevrage », tenez un journal dans lequel vous écrirez dès que vous sentez que vous allez contacter votre ex, cela vous aidera à ne pas craquer !

Comprendre pourquoi ça n'a pas marché

« Pourquoi m'a-t-il/elle quitté(e) ? Qu'est-ce que je n'ai pas fait pour que ça fonctionne ? » Ces questions nous hantent jour et nuit, surtout lorsque la rupture a été brutale et sans explications. Difficile, voire impossible, de faire son deuil, mais il faut accepter que ces explications ne viennent pas. Pas de l'autre en tout cas. Et c'est là qu'un véritable travail d'introspection commence, pour chercher en soi les réponses.

Je ne sais pas si vous l'avez remarqué mais quand une relation se termine, nous avons souvent tendance à l'idéaliser. Mais *a priori*, si c'est fini, c'est que cela ne fonctionnait pas. On peut aller se poser certaines questions : « Comment en sommes-nous arrivés là ? Qu'est-ce qui n'allait pas et qui a fait que ça s'est terminé ? » Mais aussi prendre les choses dans l'autre sens : « Pourquoi nous étions-nous mis ensemble ? »

« Pourquoi avons-nous choisi un partenaire qui ne nous convenait pas à la base ? » Quelquefois la rupture peut être encore plus brutale lorsque c'est par un SMS, un mail, ou les réseaux sociaux (oui, oui, ça existe !) que nous apprenons que notre partenaire nous quitte. C'est alors plus difficile de comprendre et de se reconstruire après ces relations express.

Écrivez votre histoire

Racontez votre rencontre, vos traits de personnalité et ceux de l'autre, vos comportements l'un envers l'autre, les siens envers vous, les évènements marquants de la relation, ses différentes étapes et comment celle-ci s'est terminée. Si possible, demandez à un proche de vous lire ce récit. Ce pas de côté est parfois l'occasion d'une vraie prise de conscience : que notre couple allait mal depuis un moment, qu'on a souffert avec l'autre ou, à l'inverse, qu'on a été très pénible et qu'on comprend que l'autre soit parti…

Lorsqu'on s'interroge sur nos ruptures amoureuses, il est intéressant de travailler sur nos schémas qui nous conduisent à répéter des scénarios de vie. Que vient-on reproduire de notre enfance ou d'une certaine situation que nous avons pu vivre étant enfant ? Souffre-t-on d'un schéma de méfiance (« les gens peuvent trahir et décevoir ») ? D'imperfection (« si les autres savaient qui je suis réellement, ils ne m'aimeraient pas ») ? De dépendance (« je ne peux pas me débrouiller toute seule ») ? De carence affective (« personne ne pourra jamais m'aimer ») ?… Un travail qu'il est parfois bon de mener avec l'aide d'un professionnel.

Dressez la liste de vos ex

Dressez la liste de toutes vos histoires précédentes : comment vous étiez-vous rencontrés, comment se sont-elles déroulées, quels étaient les traits de personnalité de l'autre, comment ça s'est fini… Et essayez de trouver des points communs. Cela vous aidera à dégager les dénominateurs prépondérants de vos échecs et à en prendre conscience pour mieux vous en débarrasser.

Prendre le temps de faire son deuil

Un amour déçu, raté, est source d'une grande douleur, qui reste souvent longtemps présente. N'en déplaise à ceux de notre entourage qui nous enjoignent de « tourner la page au plus vite ». Comme tout deuil, celui-ci est propre à chacun.

« On peut considérer qu'il est terminé le jour où nous sommes capables de repenser à l'autre sans être totalement transpercés de douleur. Le jour aussi où nous pouvons même ressentir une certaine bienveillance envers lui, avec cette idée que ça n'a pas marché, et que c'est tout. L'idéal est de parvenir à ne pas raisonner en noir et blanc : d'être lucide sur ce que l'autre nous apportait, mais aussi sur ce qui n'allait pas », explique la psychologue Lise Letessier. Autre signe que la page est tournée, selon elle : « C'est de le/la revoir et de se dire qu'on n'aimerait pas qu'il/elle revienne. »

Pour moi, le message essentiel est qu'« Il est important de guérir d'une relation avant d'en entamer une autre, ou alors il s'agira d'une relation pansement.

Difficile de construire une nouvelle histoire et de s'y épanouir si le fantôme de la précédente plane au-dessus et que l'on n'en a pas fait le deuil ».

ÉCRIVEZ UNE LETTRE À VOTRE EX

C'est un rituel de fin qui permet d'écrire la dernière page du livre, de refermer l'histoire. De dire au revoir tranquillement. Si votre lettre est très émotionnelle, pleine de colère ou de tristesse, c'est que le travail de deuil n'est pas terminé. Cela étant, il n'est pas obligatoire de l'envoyer. À vous de décider. « L'amitié entre ex est possible, mais pas tout de suite. Pour devenir amis, il faut du temps, avoir fait le deuil de l'histoire, et aucune ambiguïté. Et il est bon de s'interroger aussi : quelles sont les raisons qui vous poussent à garder un tel lien avec votre ex ? »

Si je fais du yoga depuis plusieurs années maintenant, j'ai découvert il y a peu « le yoga du cœur ». Et cela s'est révélé être un puissant outil de guérison. Parmi les différentes techniques, il propose une action simple mais puissante : respirer sur les mantras. On oublie souvent que la respiration est non seulement une action vitale, dès notre arrivée sur Terre, mais qu'elle a aussi une forte signification spirituelle.

… /…

Je m'imagine inspirer et expirer sur les termes « Amour-Douceur-Guérison-Confiance » dont la lumière émane du chakra du cœur. Et je le fais vraiment. Cela m'apaise, car je ressens leur énergie, toujours dans la douceur.

J'aimerais parler de manière moins « pratique » de ce moment que l'on évoque un peu, et qui constitue cette odyssée que sont ces jours après l'amour.

On parle beaucoup d'amour, on ne fait que cela, mais la rupture qui correspond à une période de vie, de non-vie, n'est pas un moment souvent traversé les yeux ouverts. Il y a de la souffrance certes, mais on peut aussi en sortir grandi, on apprend des choses, il y a une remise en question.

En ce qui concerne la fin d'un amour, on se trouve face à un deuil et à un mystère, car il y a quelque chose d'organique qui meurt.

Le couple étant une structure sociale, la séparation crée une nouvelle identité que l'on doit apprivoiser et gérer à nouveau.

La « Femme traversée »

N'oublions pas la position sociale des femmes il n'y a encore pas si longtemps, et leur dépendance « sociale » vis-à-vis du mari. « Femmes de », elles n'avaient encore que la sensation d'être en biais, un funiculaire jusqu'à l'époux.

Ce qui interroge la notion du choix et du présent, ce par quoi on se laisse traverser. Que reste-t-il notamment après l'amour ? C'est la question que se pose la romancière Line Papin dans un essai poétique du même nom[63]. Elle nous donne des pistes : il reste la vie, les petits plaisirs du quotidien, on se reconstruit, en remusclant sa joie. « C'est une habitude et un sport d'être heureuse, nous dit-elle. Quand on n'a plus cet amour, on fait quoi ? On aime la nature, un lever de soleil, ses amis. On redistribue cet amour. »

Si on peut s'accommoder du manque, on peut aussi le transformer en une chose plus douce… en tentant d'exercer une influence dessus.

Certes dans cette époque de désamour, de déséquilibre, de crises diverses, comment retrouver un sentiment instinctif ? Quelle place cette époque laisse-t-elle à l'amour, aux relations humaines ?

Pessoa parle de « fiction sociable » : on peut se demander quelle est notre vérité dans toutes ces agitations.

Quand on est ensemble et qu'on s'aime, on forme une hydre à deux têtes, les corps sont présents, le dialogue est présent (même en pensée) ; ce qui s'avère violent dans une rupture, c'est qu'on fait le deuil de cette créature. Tout est fragmenté : le cœur, l'espace, l'effet d'être jetée au monde alors que dans le couple nous avions l'impression d'être protégée, dans une bulle. Quand tout cela s'arrête, il nous faut

63. **Line Papin**, *Après l'amour*, Stock.

retrouver une nouvelle identité, passer cette étape de deuil ; mais l'amour a été vécu et on doit en faire une force, garder ces souvenirs, se dire que ce n'est pas un échec, mais une chance de l'avoir vécu. Les deux sont séparés et les deux se quittent. L'amour est comme un astre, biologique, organique, qui naît malgré nous et meurt aussi malgré nous. Même si ce n'est pas évident, il faut traverser le chagrin le cœur grand ouvert : ce n'est pas subir la chose mais l'écrire. Cela donne une conscience accrue de toutes les microsensations, de tout ce qui se passe à ce moment-là.

Amour ou raison ?
Faut-il vraiment toujours choisir ?

Essayez d'avoir cette discussion avec vos amis : les raisons d'aimer justifieront bien rarement les sentiments alors que l'univers raisonnable et justifié sera toujours bousculé par la fièvre des sentiments ! Difficile de s'y retrouver... Combien de fois me suis-je énervée contre moi-même en me laissant aller à des sentiments qui pouvaient me faire toucher des sommets extatiques mais aussi des abysses infernaux. Pourquoi moi, qui ne cesse de m'abreuver de textes dits de « sagesse », je peine à m'approcher de douce tempérance, de son discernement ?

Eh oui, l'amour est bien une énigme qui transcende nos connaissances, quel que soit notre âge... Il demeure insaisissable. C'est d'ailleurs peut-être, reconnaissons-le, ce qui fait son charme...

En général, il ne se commande pas, on est juste bouleversé par l'autre. C'est un choc, il nous fait

« sortir de nous-même ». J'aime penser qu'il s'agit d'une énergie. Avez-vous noté comment, durant les débuts, l'énergie de vie s'affirme, modifie notre rapport au monde, alors qu'à la fin, elle peut être synonyme de baisse de vitalité, voire de déprime ou d'abattement plus ou moins désespéré ?

On perd tout contrôle, c'est assez angoissant... Ne dit-on pas à juste titre « chavirer » ? Il s'agit juste alors d'atteindre un seul objectif : éviter la noyade.

Le burn-out conjugal aurait-il frappé les femmes de 50 ans ? Les symptômes reviennent souvent : lassitude, épuisement et angoisse de remettre le couvert.

Pour beaucoup de femmes, le verdict est là : à la sortie d'une « vraie » relation, les femmes préfèrent vivre en solo. Mais attention, hors de question de renoncer à une vie sexuelle, souvent même plus épanouie ! Une façon de reconquérir avec légèreté sa liberté ! Et c'est bien connu : avec l'âge, on sait bien que la libido baisse et qu'un bon bouquin vaut mieux qu'un mauvais conjoint !

Mais attention, une angoisse commence déjà à poindre dans la société : la femme seule (nous l'avons déjà évoqué) n'est pas toujours bien vue ! Dès le XIXe siècle, on entend que « la femme est une vigne qui produit de beaux fruits, mais que pour bien produire, il faut qu'elle soit accrochée à un cep » (qui, bien évidemment, est le mâle !).

Les charmes de la femme seule font peur, ils peuvent dérouter, avec un risque de faire sortir les hommes du droit chemin. « La femme seule a toujours pris trop de place[64] », explique l'historienne Sabine Melchior-Bonnet.

Rappelons qu'aujourd'hui les choses ont bien changé : elles sont bien souvent les instigatrices de séparation et de divorce (on notera que les hommes sont plus à l'aise avec une double vie sans que cela ne change en rien une vie conjugale bien établie).

Anne Solaz, directrice de recherche à l'Institut national d'études démographiques, explique que « dans les enquêtes sur la conjugalité après cinquante ans, on voit aussi que les hommes ont nettement plus envie de reformer un couple corésident qu'elles. Ce sont les femmes qui préfèrent ne pas vivre à deux ».

La drague féministe

Réalité ou illusion : de plus en plus nombreux sont les hommes à jouer les alliés (sur des podcasts ou ailleurs). Un phénomène que nous sommes nombreuses à observer : les hommes deviendraient féministes[65]. Et pourtant, le seul but : pécho.

Cette technique de séduction porte un nom : « le *feminist fishing* ». Des escrocs du *dating* dont le masque tombe assez rapidement : misogynes, racistes, machos. Ils se révèlent grands admirateurs de Depardieu, Polanski et Woody Allen pour ne citer qu'eux…

64. *Elle*, novembre 2023.
65. *Elle*, avril 2024.

Au diable le culte de l'amour romantique (qui a quand même vécu plus de deux cent cinquante ans en Occident) et vive la lucidité constructive ! Mettons au placard nos préjugés. Depuis les débuts passionnés de la relation, son installation, la première dispute chez Ikea (ou autre), la naissance des enfants, les querelles, les tentations d'infidélité, les retrouvailles... il existe certes une joie profonde qu'un couple « marche », voire un certain ravissement, mais ce n'est pas (je l'aurai assez répété tout au long de ce livre) un conte de fées. C'est le fruit d'un travail incessant, qu'il faut fournir pour accepter l'autre et s'accepter soi-même. Un travail que votre fidèle serviteuse ici n'aura pas su réaliser jusqu'à ce qu'arrive celui qui la fit changer d'angle de vue.

Comme le dit très justement Alain de Botton : « Les difficultés relationnelles ne sont pas un échec, une impasse, mais plutôt inhérentes à l'amour. Car l'amour est un talent, une compétence presque, que l'on peut apprendre et développer[66]. »

66. *Elle*, 9 septembre 2016.

PARTIE V

LE COUPLE SACRÉ

Il y a un net retour aujourd'hui du concept de « couple sacré ». Celui-ci fait référence à une vision de la relation de couple qui dépasse le simple aspect romantique, ou fonctionnel. Il est ancré dans des principes spirituels, émotionnels et intimes, et vise à élever (idéalement) la relation amoureuse à un niveau de connexion profonde et spirituelle. Les partenaires sont engagés dans une exploration commune de la spiritualité, qu'il s'agisse de pratiques religieuses, de méditation, de connexion avec la nature ou d'autres formes de croissance spirituelle. La relation est considérée comme un espace sacré où les partenaires s'efforcent de cultiver une relation fondée sur l'authenticité, l'empathie et la vulnérabilité. Ce soutien mutuel demande une connexion profonde et intime entre les partenaires. Le couple sacré valorise l'importance de chaque individu dans la relation. Les partenaires maintiennent leur autonomie personnelle et poursuivent leurs propres intérêts et passions, tout en trouvant un équilibre avec les besoins et les objectifs du couple en tant qu'entité spirituelle.

QUID DE LA SEXUALITÉ SACRÉE ?

La sexualité est (forcément) abordée d'une manière sacrée dans le couple ainsi branché. Les partenaires cherchent à y développer une connexion sexuelle profonde et consciente, où le plaisir et l'intimité sont vécus comme une expression de l'amour et de la spiritualité. Le couple sacré est basé sur un engagement solide et durable. Les partenaires s'engagent à traverser les hauts et les bas de la relation, à cultiver la confiance et à travailler ensemble pour surmonter les défis. Ils considèrent leur relation comme un chemin évolutif et une vraie source de transformation personnelle.

Lorsque nous rencontrons l'Autre, notre amoureux, de nouveaux espaces se créent, alors que nous « faisons couple ». Toute rencontre se traduit par le désir d'« aller vers » et la magie est là : une part d'inconnu se révèle tout comme une part de magie demeure. Il suffit, on l'a vu, de se préparer afin de se décider à l'ouverture à l'autre et au monde, au lien, afin d'accepter ce qui en nous va se bouleverser. Cette magie de la rencontre, c'est aussi sa fugacité, nos « antennes » émettent des signaux « qui nous font saisir combien nous pouvons être en résonance et en accord avec ce qui nous entoure au moment où nous le vivons[67] ».

Il est essentiel pour cela de ramener les femmes à un véritable sentiment de souveraineté et d'épanouissement à travers leur propre sexualité, quel que soit leur statut relationnel actuel.

Les femmes supposent souvent de manière inexacte que l'intimité est inférieure à ce qu'elle peut vraiment être. Il est tenu pour acquis que le feu sexuel brûlera chaud mais rapidement, qu'il y aura une perte inévitable de désir dans une relation à long terme. Ou que peu importe à quel point une relation semble prometteuse, il s'avère inévitable que des dynamiques de pouvoir et d'ego se développent et finissent par détruire la véritable intimité.

À l'autre extrémité du spectre, certaines femmes se soumettent à une solitude non désirée et sèche, ou font face à des chagrins qui ne semblent jamais guérir. Beaucoup d'entre nous, même si nous nous trouvons dans une relation intime qui a du potentiel, se retrouvent dans une confusion sans fin sur ce que nous voulons vraiment, croyant que le compromis est la seule option, ce qui est un tort.

C'est lorsque l'on a réinvesti sa propre sexualité que les relations peuvent changer, que l'intimité est ravivée et que les femmes en viennent à vraiment comprendre ce que signifie le fait de se sentir intactes, équilibrées et sacrées en tant qu'êtres sexuels.

67. Alain Héril, *Fémina*.

Il est important pour cela de mettre l'accent sur l'alignement de notre énergie et de notre expression créative. Les relations intimes ne peuvent prospérer que dans la mesure où nous nous connaissons nous-même. S'aligner sur notre énergie personnelle et la cultiver comme une pratique sacrée est la seule façon d'apporter authentiquement tout ce que nous sommes à une relation. La véritable intimité ne se produit qu'en présence de l'authenticité, et cela signifie *toute* votre authenticité – que ce soit dans vos désirs ou dans vos sentiments.

L'intimité exige également que nous soyons en mesure de nous ouvrir à notre propre expression créative. Parfois, les femmes supposent que ce sera l'alchimie avec un partenaire particulier, ou la compétence d'un amant particulier, qui les emmènera sur un nouveau terrain intime. Une bonne connaissance de nous-même dictera la juste mesure dans laquelle nous pouvons inviter quelqu'un d'autre à nous connaître. Nous ne pouvons vraiment pas nous attendre à le guider sur un terrain que nous n'avons pas encore exploré.

La sagesse féminine profonde est basée sur une bonne « hygiène » énergétique et émotionnelle. Idéalement, nous devrions prendre soin de notre propre clarté émotionnelle et de notre feu sexuel avec la même régularité que nous nous brossons les dents. Oui, je sais que cet exemple peut sembler trivial mais… il est parlant, non ?

LES FLAMMES JUMELLES : UN CHEMINEMENT INITIATIQUE

On entend de plus en plus ce terme depuis quelques années, avec ce sentiment que c'est très en vogue mais pas toujours bien compris… Qu'est-ce qu'on entend donc exactement par « flammes jumelles » ?

Tout d'abord, « mythe » ou « réalité » ? Pour certaines, c'est une vaste farce, voire un danger, qui instrumentalise nos différentes insécurités, pour d'autres, une véritable expérience alchimique à la lourde charge émotionnelle. Essayons d'y voir plus clair.

Ce concept est souvent lié à une connexion intense et profonde entre deux personnes, deux âmes, envisagée comme une relation spirituelle. Mais attention, les interprétations et croyances entourant les flammes jumelles varient, et leur impact sur la vie amoureuse d'une femme se révèle différent selon son parcours et les perspectives individuelles. On dit souvent que ce sont deux moitiés d'âme qui se retrouvent. Cependant se voir comme la « moitié de » peut renvoyer à la dépendance que nous avons déjà évoquée. Et comme nous l'avons vu, il ne tient qu'à nous de pleinement nous accomplir et d'éveiller notre potentiel émotionnel, énergétique ou spirituel.

Concernant le but de cette relation : c'est encore ici l'acte de nous rencontrer nous-même, de rentrer dans une transformation intérieure. Et au risque de vous décevoir, ce n'est pas une relation qui est (forcément) appelée à durer, bien au contraire. Pas de projets communs ici.

LES RELATIONS KARMIQUES

Selon certains, les flammes jumelles peuvent représenter un défi pour la femme amoureuse, car cette connexion intense peut engendrer des dynamiques émotionnelles complexes et perturbantes. Les relations de flammes jumelles sont souvent caractérisées par des « montagnes russes », des hauts et des bas intenses, des défis de communication et des processus de guérison profonds. Tout pour créer une instabilité émotionnelle et un déséquilibre dans la vie amoureuse d'une femme !

On peut pourtant voir (et c'est mon cas !) les flammes jumelles comme une opportunité de croissance personnelle et spirituelle. La relation avec la flamme jumelle peut aider à guérir les blessures émotionnelles et ancestrales, à se connaître soi-même plus profondément et à évoluer sur le plan spirituel. Ce serait une forme de catalyseur de la transformation personnelle.

Alors bien sûr, les expériences individuelles peuvent varier, puisque ce concept est spirituel (et subjectif). Certaines femmes peuvent trouver une grande valeur et une profonde connexion dans une relation de flammes jumelles, tandis que d'autres peuvent penser que cela génère plus de souffrance et de déséquilibre.

Comment s'y retrouver et mesurer le danger (ou pas) de se lancer dans une telle relation ? Il est primordial que chaque femme évalue avec discernement et conscience la nature de sa relation amoureuse (qu'il s'agisse d'une relation de flammes jumelles ou non). Il est important d'écouter ses propres besoins, de s'engager dans une communication ouverte et de maintenir des limites saines pour préserver son bien-être émotionnel et relationnel. Si une relation de flammes jumelles devient toxique, déséquilibrée ou néfaste... sauvez-vous ! L'essentiel est de préserver sa santé psychique et physique et de chercher le soutien nécessaire (que ce soit auprès de professionnels de la santé mentale ou d'autres sources d'aide).

MAIS QUELLE DIFFÉRENCE AVEC LES ÂMES SŒURS ?

Tout serait question de fréquences énergétiques et d'éveil spirituel. Précisons d'emblée que quel que soit le couple de flammes jumelles, et même si leur histoire est unique, les étapes inhérentes à leurs parcours sont identiques même si la façon de les expérimenter est différente… Autre particularité : nous seuls savons si nous avons une flamme jumelle, il faut faire confiance à son ressenti…

Revenons sur l'essence même des « flammes jumelles »… Il est important de préciser qu'elles vibrent d'un amour inconditionnel… et que l'union est présente sur tous les plans. On dit d'ailleurs que leur contrat d'âme scelle le lien pour l'éternité. Je précise que la mission des flammes jumelles est d'œuvrer pour l'humanité, ce qui implique et révèle beaucoup de choses chez chacune des polarités. Chaque flamme du duo est un véritable miroir pour l'autre… Elle lui donne accès à différentes choses comme l'affranchissement des peurs.

En résumé, ce parcours des flammes jumelles est le plus complexe qui soit (mais aussi le plus beau).

Dans son excellent livre *Flammes jumelles*[68], Valérie Motté relate les différentes étapes du parcours des flammes jumelles. Attention, cela peut aller plus vite pour certaines que pour d'autres !

Avec, tout d'abord, la reconnexion, la phase amoureuse, l'effet miroir avec l'explosion des blessures égotiques… Et c'est là que ça se complique : avec l'alternance de chauds/froids. Le travail peut réellement commencer car les personnes concernées vont s'affranchir des blessures qui ralentissent leur union sacrée, en sachant tout d'abord reconnaître leur zone d'ombre.

On parle souvent plus de « retrouvailles » que de « rencontres » (puisque nous avons déjà rencontré la personne dans une autre vie), les deux personnes sont comme aimantées l'une par l'autre. Tout est amplifié, une très grande complicité avec un immense sentiment de bien-être s'installe, mais… c'est souvent la phase la plus courte.

Vient ensuite la séparation. Faisons tout d'abord une petite mise au point linguistique : on trouve le *runner* (qui prend peur et préfère fuir) et le *chaser* (la personne quittée qui ne comprend pas et qui le vit souvent très mal). Mais ce n'est pas forcément négatif pour le *chaser* : en se plongeant dans une forme de brouillard énergétique, il se connecte à son « ombre », sa partie sombre, en tentant de comprendre le sens de cette relation. Cela permet de découvrir une nouvelle partie de son potentiel, alors que le *runner* reste, lui, bloqué dans son mental, ses émotions et ses sentiments.

---

68. Valérie Motté, *Flammes jumelles*, Exergue.

Puis arrive la « nuit noire de l'ego ». On démasque ce qui n'est plus aligné dans notre vie. Tout est une question de transmutation finalement...

Surviennent ensuite l'acceptation, la guérison et le lâcher-prise après l'effondrement et le dépouillement de notre personnalité égotique. Le *chaser* accepte la situation telle qu'elle est et va même jusqu'à remercier la flamme jumelle pour ce qu'elle lui a fait découvrir, cette nouvelle connexion avec elle-même.

L'accueil et le lâcher-prise sont les clés nécessaires pour accéder à la paix intérieure. Car pour Denis Faïck : « L'amour est ici pensé comme un manque, et donc un vide douloureux. Or il est avant tout une puissance sans égale. La dénigrer est un combat perdu d'avance. Lisons le Cantique des cantiques : "Fort comme la mort est Amour." Or il s'agit de l'amour entre un homme et une femme, de l'amour Éros. L'amour est aussi puissant car il est source omniprésente, universelle, naturelle[69]. »

Arrivent enfin la complétude (qui nous ancre pleinement dans l'instant présent) et les retrouvailles. Si la durée peut varier (des mois ou des années), les flammes jumelles se retrouvent toujours. Elles ont alors plusieurs choix : soit les deux sont prêtes à vivre une expérience commune, soit les rôles s'inversent, soit les chemins se séparent définitivement...

J'aimerais que l'on prenne le temps de revenir sur l'aspect « guérison ». Car finalement les flammes jumelles peuvent devenir des alliées pour la guérison

69. *Ibid.*

des meurtrissures, tout dépend de comment on se positionne : en victime ou en responsable de ses actes… On l'a vu : c'est loin d'être facile de se libérer du conditionnement amoureux pour aller vers l'amour inconditionnel…

Petite mise en garde : ce n'est pas parce que l'on est dans une histoire d'amour passionnelle, douloureuse, voire chaotique, que nous avons trouvé notre flamme jumelle… Selon Valérie Motté : « On ne cherche pas sa flamme. La reconnexion ne se calcule pas, elle vous prend par surprise » (du moins, du point de vue terrestre).

ET L'ALCHIMIE SEXUELLE ?

La magie, c'est lorsque « l'âme agit », lorsque l'habituel est transcendé par l'indicible. Cette rencontre au niveau sexuel se situe sur le territoire du partage, du dévoilement et de la vulnérabilité. Si on connaît déjà cette aventure, la rendre unique est possible lorsque nous acceptons de nous lancer dans une aventure sensorielle profonde.

Le slow sex

Avez-vous entendu parler du mouvement Slow qui s'invite dans toutes les sphères de notre vie, même les plus intimes avec le *slow sex* ! C'est le sociologue italien Alberto Vitale qui décide de suivre le mouvement initié par Petrini avec le *slow food* – qui prône que le fait de prendre son temps conduit à un plus grand plaisir des sens –, en créant au début des années 2000 le *slow sex*. Son but : épargner aux rapports amoureux « la frénésie insensée de notre monde fou et vulgaire ». Comment ? En se reconnectant à ses sensations, en découvrant l'autre avec douceur et délicatesse, et en faisant monter le désir sans obsession de performance… Un antidote à l'ère des applis de rencontres pour ceux qui souhaitent réenchanter les relations. Cette pratique venue des États-Unis

« consiste à redonner sa juste place à la part émotionnelle, en faisant l'amour en pleine conscience : les partenaires sont focalisés sur le moment et sans pensées parasites. L'orgasme n'est ainsi pas le but, même s'il peut être atteint », explique la sexologue Alexandra Vatimbella. Le *sensate focus* va même plus loin en réérotisant l'ensemble du corps, sans toucher les organes sexuels et sans pénétration. Le point commun de ces méthodes est de « ralentir ».

Vous souvenez-vous de *L'Amant de Lady Chatterley* ? L'écrivain D. H. Lawrence nous raconte l'éveil érotique de deux êtres singuliers, que tout oppose, mais qui tombent follement amoureux par le biais de la sensualité. Elle est emprisonnée dans une prison dorée, garde-malade d'un mari infirme, alors que lui, le garde champêtre taiseux, semble bien esseulé. Ils vont pourtant, avant de découvrir le plaisir physique, prendre le temps de se découvrir, parcourir le corps de l'autre en faisant tomber les barrières, peu à peu. « Leurs deux corps fumaient sous le ruissellement de la pluie. Dans chaque main il recueillit les belles fesses lourdes de la femme et les pressa contre lui sous la pluie, dans une immobilité fiévreuse et vibrante. Brusquement il la fit basculer, tomba avec elle au milieu du chemin, dans le silencieux rugissement de l'eau. » Jugé scandaleux lors de sa sortie en 1928, cet hymne à la lenteur est bien à l'opposé du *fast sex*, une manière de consommer des corps, les uns après les autres (et pas forcément bien). Mais il semblerait, après des décennies de sexe rapide et une époque qui a presque déconnecté les corps des sentiments (devenus obscènes ou obsolètes), que la tendance s'inverse. Ce tournant, marqué par le désir de reprendre son temps, tant dans la découverte de l'autre que de son corps, permet de réinjecter une forme de sacré dans la sexualité.

LE TANTRA

Découvrir de nouvelles sensations, de subtiles nuances tout au long de l'union sexuelle, et surtout rester connecté à ses émotions, sans avoir un objectif uniquement tourné vers l'orgasme : voilà une sexualité à l'opposé de notre culture dominante *hard* (et ça veut tout dire !), associant cette dernière uniquement à la pulsion et à l'excitation. Une manière d'aborder l'union entre deux êtres prônée depuis des millénaires par différentes spiritualités comme le tantrisme en Inde.

La dimension sacrée de l'érotisme

La peau sombre parfumée et huilée, la yogini semblait flotter dans l'espace, jambes relevées en V, de part et d'autre du corps, le regard illuminé. Son sexe ouvert, origine du monde et retour, irradiait de rayons dorés qui rejoignaient l'indigo du ciel. Je demeurai fasciné assis silencieusement aux côtés du yogin chinois qui m'avait accueilli dans son ermitage. La yogini, sa compagne, à la fois

… /…

proche et lointaine, corps et esprit, puissance et don, stable dans sa posture yogique, incarnait l'extraordinaire potentiel de réalisation[70].

Daniel Odier

Dans ce récit initiatique, le spécialiste du tantrisme Daniel Odier montre à quel point la sexualité et la spiritualité sont intimement liées dans le tantra, l'une des plus anciennes sagesses de l'humanité. Il s'agit d'une sexualité rituelle qui constitue, avec douceur et lenteur, une voie d'accès au sacré et qui devient ainsi le lieu de l'expérience de la divinité. Le tantrisme shivaïte a ressurgi à partir du IVe siècle de notre ère au Cachemire, autour d'un texte fondamental et profond : le *Vijnânabhaïrava tantra*. Ce traité simple et non philosophique est composé de cent vingt stances, des énumérations courtes de deux ou trois lignes qui balaient l'ensemble de l'univers tantrique.

Pourtant, faites le test : si vous dites autour de vous que vous êtes adepte du tantra, vous n'échapperez pas aux commentaires grivois et aux regards insistants. Car en Occident (contrairement à l'Orient dont il est issu), on l'associe automatiquement au sexe et aux galipettes dans toutes les positions. Son apparition en France a correspondu au mouvement de libération sexuelle dans les années 1970. Mais aujourd'hui, changement de cap, et on peut regretter

70. **Daniel Odier**, *Tantra*, Pocket.

que ce soit la pornographie qui s'en empare alors qu'à la base la sexualité ne concerne que 5 % des exercices du tantra, les autres sont des postures basées sur la respiration, la méditation, proches du yoga et du qi gong.

Pourtant, même s'il est souvent associé à la performance sexuelle, le tantra (ou tantrisme) est avant tout une approche philosophique et spirituelle.

Sur la totalité des stances, seules deux évoquent donc clairement la question de la sexualité. Ces traditions sont en effet fondées sur la capacité d'ouvrir dans le corps une voie d'accès à la transcendance, dépassant les limites de la rencontre sentimentale ou amoureuse classique. Si certains parlent des « noces de l'âme et du corps », ou encore de « mariage intérieur », c'est pour mieux désigner cette union du féminin et du masculin qui se produit à l'intérieur même du corps de l'adepte. Celui-ci fait alors l'expérience de l'unité, dans ce « corps tantrique » qui dépasse les dualités. Concrètement, ce tissage entre spiritualité et sensualité utilise l'acte sexuel ou, pour le moins, le contact et la caresse comme « outils » méditatifs. L'objectif est d'atteindre l'état de félicité spirituelle au même titre que n'importe quel autre « outil » de méditation. Aujourd'hui, on parle plus d'« extase des sens », mais le tantra reste toujours une invitation à transcender une sexualité « ordinaire » tournée vers la satisfaction immédiate de nos besoins pulsionnels ou affectifs. Dans l'acte sexuel tantrique, nous sommes invités, comme dans toute autre forme de méditation, à une présence totale au mouvement de la vie en cours qui passe par le souffle. Mais là, la caresse s'ajoute au souffle comme un fil de tissage entre le divin et la matière…

Cette approche lente et douce, qui, outre une remobilisation des sens, ouvre également plus d'espace aux émotions, permet ainsi de porter un regard différent sur l'autre, en nous entraînant dans un rapport plus conscient, basé sur l'altérité et l'égalité. Car l'idée n'est-elle pas finalement de favoriser une sexualité douce au service de l'amour ? En évoluant vers une union méditative et aimante de deux énergies complémentaires, faire l'amour peut devenir également un véritable pouvoir de guérison...

Comme le rappelle l'indianiste André Padoux, « les traditions tantriques font de la passion amoureuse un des moyens pour transcender le moi empirique et accéder au divin ».

« C'est un courant mystique non religieux, sans establishment ni autorité suprême... C'est également une voie de grande liberté. Il n'y a pas de règles morales contraignantes, explique Daniel Odier. Le véritable propos est de sentir que notre nature innée est l'illumination, sans rejeter le réel ni les autres plaisirs. » Cultiver la beauté sous toutes ses formes, apprendre à la goûter par tous ses sens, prendre le temps de jouir des belles choses de notre existence et savourer la joie d'être vivant, est aussi un grand accélérateur de notre dimension tantrique.

Une proposition qui séduit car ils sont de plus en plus nombreux à se rendre à ces stages de yoga tantrique menés par Daniel Odier, mais qu'y fait-on ?

Une danse cosmique, dite de « Tandava », ouvre la pratique. « Elle permet de libérer nos ressentis et de les faire circuler dans le corps », selon Daniel Odier. On pratique ensuite le yoga des émotions : il s'agit de les accueillir, de les observer de l'intérieur et de naviguer avec elles, avant de méditer sur un son, le souffle, pour atteindre le centre extatique de l'être. Arrivent ensuite les visualisations qui ont pour objectif d'expérimenter une dimension corporelle différente, en travaillant sur certaines parties de notre anatomie. « Par exemple, explique toujours Daniel Odier, on imagine que quelqu'un vient s'asseoir face à nous, enfile ses mains dans notre ventre pour en ressortir nos organes, les plonge dans de l'eau fraîche, ce qui leur permet de libérer les toxines, puis nous les remet dans le corps. »

La dernière pratique est celle du yoga du toucher, « un massage qui ressemble là aussi à une danse », explique le maître tantrique. « Il doit être lent, sans intention, pour que l'autre ressente son corps comme une totalité. À force de ressentir le lien entre celui-ci et les émotions, on fluctue dans des espaces dits "extatiques". »

On trouve parmi les participants à ces stages autant d'hommes que de femmes, mais attention aux malentendus : « Ceux qui recherchent une expérience sexuelle repartent assez vite, prévient Daniel Odier. Le néotantra sexuel que l'on trouve enseigné un peu partout dans le monde surtout depuis les années soixante est à l'opposé absolu de la tradition tantrique. »

Patrick et Sophie ont participé à son dernier stage. « Pour moi le tantrisme est une véritable expérience intérieure avant tout, témoigne Patrick. J'ai trouvé cette pratique de la danse méditative jolie, avec des personnes très respectueuses les unes des autres. » Pour Sophie, cette danse lui rappelle l'état de connexion énergétique qu'elle avait déjà expérimenté en pratiquant le qi gong ou le taï-chi. « Ce travail permet d'activer les énergies de la personne, ce qui peut passer par l'énergie sexuelle. On n'est pas dans une religion ou dans un rituel mais dans une attitude de connexion avec l'univers », confie-t-elle.

Effectivement, tantra signifie « tisser », et pour cause : cette voie enseigne comment créer des liens entre notre corps spirituel et notre corps physique, entre notre conscience du « Tout » et nos sens.

Et la Kundalini…

Dans le yoga indien, la Kundalini qui part du chakra de base (de la région spinale, du sacrum) va monter avec beaucoup de puissance et créer une expérience d'union à la totalité. Cette puissance cachée est symbolisée par un serpent enroulé sur lui-même, qui peut se déployer pour nous aider à gagner en conscience et en créativité. Bien souvent, là aussi, objet de malentendu, son évocation provoque à la fois fascination et crainte. Qualifié d'« énergie des profondeurs » selon certaines écoles non dualistes, son déploiement appelé « montée de Kundalini » a nourri de nombreux fantasmes…

Lorsqu'elle s'éveille et défait au fur et à mesure les nœuds qu'elle rencontre en ouvrant les différents centres énergétiques (chakras), elle ouvre le canal central qui rendra possible le lien entre les deux polarités, le ciel et la terre, Shiva et Shakti (la conscience et son énergie). Il existe pour cela des techniques spécifiques, considérées par certains comme le yoga originel : le yoga kundalini. Appelée également « yoga de la conscience » ou « mère de tous les yogas », cette pratique a été exportée dans les années 1970 par le maître indien Bhajan.

Nous sommes un samedi matin, lors du week-end de Pâques dans une salle parisienne du renommé Tigre Yoga. Une dizaine de pratiquantes ont posé leurs tapis au sol, ainsi que leurs *zafus*. Catherine Saurat-Pavard, tout habillée de blanc, le sommet de la tête recouvert d'un turban, accueille l'assemblée avec un sourire lumineux et bienveillant. Pas de salutation au soleil ici, mais des exercices de respiration et un vrai travail d'introspection. Après les échauffements, le groupe commence les kriyas : une série de postures à accomplir les yeux fermés. La séance se termine aux sons du gong et du mantra « *Sat Nam* » (« Je transmets la vérité »).

Isabelle, qui pratique pour la première fois cette forme de yoga, confie avoir ressenti des moments d'inconfort : « Si j'ai accueilli pleinement mes émotions, les techniques respiratoires m'ont quelquefois été difficiles à suivre. » « J'ai ressenti au fur et à mesure de la pratique une chaleur envahir mon corps et me procurer un réel bien-être », raconte une autre pratiquante.

Pour l'enseignante : « Cette pratique nous replace dans l'univers comme cocréateur, elle nous amène vers la conscience. Ce qui est sûr, concernant la sexualité sacrée, c'est que l'on ne peut pas aller dans cet espace si l'on n'est pas bien installé dans le cœur. Et cela implique un vrai travail sur soi et son ego... »

Une théologie sexuée qui rejoint finalement le discours d'Arouna Lipschitz qui prône depuis des années un véritable tantra de la relation. Celle qui préfère employer le terme « sexualité sacrée » rappelle bien que le tantra n'est pas juste un exercice, une pratique de stage ou une expérience sexualo-spirituelle momentanément partagée. « Il faut penser la jouissance bien au-delà d'une satisfaction amplifiée du plaisir physique. Il faut la penser à partir de notre désir de relation amoureuse : un amour humain durable dans une félicité nourrie d'extase d'âme jusque dans le corps. Et là, une pratique spirituelle ou mystique dans l'acte sexuel ne suffit pas, explique-t-elle. Il faut apprendre à passer de l'acte sexuel à une relation sexuelle. Je préfère parler de sexualité sacrée plutôt que de tantrisme, car le cœur y participe. Tisser l'énergie-cœur dans le tissage corps-esprit est ma présente aventure tantrique... » Et si finalement le tantrisme était avant tout l'ouverture à l'amour inconditionnel ?

LES SECRETS DES COUPLES QUI DURENT...

Il est important de prendre le temps de réfléchir à ses propres besoins, désirs et valeurs dans une relation. Comprendre ce qui est essentiel pour vous et ce que vous recherchez dans une relation vous aidera à établir des limites saines et à prendre des décisions éclairées. Si la recette miracle n'existe pas, je peux vous proposer quelques ingrédients à consommer sans modération :

- **Il s'agit donc de travailler sur l'amour de soi :** cultiver l'amour de soi est essentiel pour établir des relations épanouissantes. Prenez soin de vous-même, investissez dans votre bien-être émotionnel et physique, et développez une estime de soi positive. Lorsque vous vous aimez et vous respectez vous-même, vous êtes mieux équipée pour attirer et maintenir des relations saines.
- **Communiquer ouvertement et honnêtement :** la communication est LA clé d'une relation saine. Exprimez vos besoins, vos préoccupations et vos attentes de manière ouverte et honnête. Une communication claire et respectueuse favorise la

compréhension mutuelle et renforce la connexion émotionnelle.

- **Établir des limites et respecter ses propres limites :** il est essentiel de définir des limites personnelles et de les faire respecter dans une relation. Apprenez à dire non lorsque vous ne vous sentez pas à l'aise ou lorsque vos limites sont franchies. Respectez également les limites de votre partenaire et encouragez une communication respectueuse des limites mutuelles.
- **Chercher une relation basée sur l'égalité et le respect :** visez une relation où vous êtes traitée avec égalité, respect et soutien mutuel. Évitez les relations déséquilibrées sur le plan du pouvoir ou des responsabilités. Cherchez un partenaire qui valorise vos opinions, vos ambitions et vos choix de vie.
- **Faire preuve de patience et de bienveillance envers soi-même :** les relations prennent du temps pour se développer et il est important d'être patiente avec vous-même et avec le processus. Ne vous précipitez pas dans une relation douteuse et ne vous jugez pas trop durement si les choses ne se passent pas comme prévu. Faites preuve de bienveillance envers vous-même et apprenez des expériences passées pour grandir et évoluer.
- **Faire confiance à son instinct :** écoutez votre intuition et faites confiance à votre instinct lorsqu'il s'agit de prendre des décisions amoureuses. Votre intuition peut être un guide précieux pour vous aider à reconnaître les relations saines et à éviter les situations problématiques.

- **Trouver la bonne distance :** entretenir la flamme, c'est, on le sait, tout un art et même un véritable challenge. *A priori*, ce qui lie un couple, c'est l'envie d'être ensemble, mais pas forcément tout le temps (loin de là). Pas facile pourtant de trouver le juste milieu qui respecte l'espace de chacun. Le fait de retrouver notre petite bulle en solo peut non seulement nous faire du bien, mais aussi mieux apprécier la présence de l'autre. Une fois par semaine, s'accorder une soirée entre copines et une autre rien qu'au couple peut faire du bien. Les retrouvailles, ça rebooste !
- **Nourrir son couple :** beaucoup de couples sont constitués de deux personnes qui coexistent en parallèle, sans rien partager. Et le pire des cas est de se sentir seule lorsque l'on est en couple... La moindre petite attention compte, à condition qu'elle soit réciproque... Et pas besoin d'aller au bout du monde, renforcer sa complicité derrière les fourneaux, découvrir un film ou se faire une balade... autant de souvenirs uniques car ils sont liés à l'autre.
- **Faire des projets :** réfléchir à deux, s'engager... peut ouvrir des horizons (je vois d'ici les sueurs froides que cela peut donner aux célibataires endurcis). Il s'agit de donner des tremplins vers des perspectives réjouissantes à vivre ensemble. Si chacun est partant, cela peut procurer une énergie de folie et donner envie de construire. Faire des plans à deux (même sur la comète) est essentiel pour que l'amour dure...
- **Se respecter :** cela semble aller de soi, OK pour les désaccords, mais surtout évitez les insultes...

La clé, je le répète, c'est la communication, et quand ça ne va pas, ne pas attendre pour partager notre ressenti. Le non-dit est l'ennemi numéro un du couple. Et oubliez les devinettes : on a quelquefois du mal à comprendre ce qui se passe dans notre propre tête, comment l'autre pourrait-il savoir ? Plus vous exprimez vos attentes, moins vous laisserez la place aux malentendus et aux frustrations.

Quoi qu'il en soit, débuter la journée avec un baiser de bonjour et la terminer avec un baiser de bonne nuit est essentiel. Comme le dit la très belle chanson de Raphaël : « Ne partons pas fâchés… » Savoir aussi se dire souvent merci, pour exprimer sa gratitude et sa bienveillance…

- **Rire :** le rire désamorce presque tout. L'humour a l'avantage de faire passer les messages avec du recul, c'est un grand atout dans la vie à deux ! Comme disait Arletty : « L'amour, l'amitié, c'est surtout rire avec l'autre, c'est partager le rire que de s'aimer. »
- **Traverser les crises :** la crise n'est pas forcément synonyme de catastrophe. Si les couples regorgent de problèmes potentiels, on peut presque (tout) surmonter quand on peut tout se dire avec bienveillance.

Le couple, c'est une équipe qui ne fonctionne que si on est fier de son duo. Et n'allez pas imaginer que vous pouvez changer l'autre : le couple est une joyeuse addition de deux personnalités !

« L'ÉTERNEL FÉMININ NOUS ATTIRE VERS LE HAUT », GOETHE

J'ai envie d'aborder les dernières pages de ce livre avec ces mots de Christiane Singer : « Ce qui est lourd n'a pas d'avenir. » Cette profondeur et cette légèreté sont la clé de voûte d'une vie harmonieuse. Tout l'enjeu est de combiner l'intériorité et les tréfonds de l'âme avec le rire et la joie. J'ai personnellement toujours admiré les femmes qui savent faire cohabiter cette sagesse exigeante avec un brin de folie en toute fluidité et simplicité. La légèreté n'est pas ici synonyme de superficialité, mais de force de vie.

Il faut aussi redonner aux hommes l'autorisation de se féminiser, de ne pas concevoir les rapports amoureux de manière trop « yang »… Inspirons-nous de l'éternel féminin : comme le souligne cette citation de Goethe, la femme amoureuse peut être un guide pour l'homme, vers une dimension sacrée et transcendante.

Un idéal qui apparaît dès le XIIe siècle avec « le culte de la dame ». Que ce soit la Béatrice de Dante ou la Laure de Pétrarque, on retrouve dans ces figures un amour à la fois sacré et d'une grande pureté. Ces femmes, médiatrices vers l'au-delà et le divin, sont aussi célébrées à travers les saintes mystiques ou encore le culte marial.

Plus récemment, les actrices de l'âge d'or hollywoodien comme Ava Gardner ou Marilyn Monroe sont encore idolâtrées. Notons que dans leur vie personnelle, nombreuses étaient loin de cette vamp glamour et inaccessible, et se révélaient en vérité bien malheureuses. Elles entrent pourtant toujours en résonance avec notre imaginaire…

Alors, comment arriver à une alliance ? Comment sortir de la guerre des sexes ? Quels sont les outils ? *Quid* des identités féminines et masculines aujourd'hui sur la transformation du couple, car nous savons comment tout cela se joue et se rejoue dans la vie ?

Nous répétons des scénarios anciens et en créons de nouveaux. Mais lueur d'espoir : selon la psychologue Paule Salomon, nous sommes actuellement dans une phase dite « éclairée », donc à potentiel positif.

Effectivement, si nous avons l'habitude de travailler sur nos blessures personnelles, il s'agit aussi de se pencher sur celles qui sont historiques et universelles. Les duos déesse mère et fils/fille renvoient à un schéma fusionnel archaïque où la femme a le pouvoir, mais manque de sagesse. Comme Paule Salomon le souligne, la dimension mythique se cache derrière la dimension psychologique. La puissance de la déesse mère nous montre que l'humanité va avoir à traverser cette relation fusionnelle qui est comme un empêchement, « englobé » par la dimension mère.

Le point fondamental sur lequel travailler reste le fusionnel car, à chaque fois, les amoureux tombent dedans. C'est déstabilisant, à côté de ce qui nous relie à l'unité de l'être, à l'émergence de la grâce. Il s'agit de créer une nouvelle alliance, certes, mais attention au parcours que l'on emprunte ! Nous partons de handicaps et de blessures qui entravent la rencontre. Au lieu de mettre en route des échanges fécondants, chacun se cristallise dans sa différence, dans son identité de départ et le couple devient impossible, infernal, il s'enkyste dans la guerre d'amour.

Comment inverser la tendance ? Accepter son ombre, équilibrer en soi le masculin et le féminin, augmenter sa sensibilité au vibratoire, à la délicatesse intérieure. La spiritualité appelle de la pesanteur à la grâce, et parmi ce qui va nous aider, il s'agit de prendre conscience des autres stades.

Cette alliance recherchée n'est possible que si on chevauche une spirale d'évolution (pour l'instant arrêtée à la connaissance mentale). Parfois, cela ne suffit pas pour traverser tout le marécage émotionnel. Nous savons des choses, mais pas assez pour pouvoir écarter les obstacles, à moins que l'on n'effectue un travail sur soi et le corps. L'objectif : l'acquisition consciente du masculin intérieur pour la femme et inversement (ce qui renvoie à l'anima/animus de Jung). J'ai eu l'honneur de rencontrer une grande dame qui vient de nous quitter : Annick de Souzenelle. À près de 100 ans, la psychothérapeute jungienne m'a estomaquée par la clarté de son discours et la force de ses convictions. Le féminin a toujours constitué une quête pour elle. « Je ne me suis pas plongée dans ce thème, on m'y a plongée, j'y ai été plongée, peut-être est-ce parce que j'ai été frappée par l'absurdité de la vie, depuis que je suis enfant », me confiait-elle. En devenant psychothérapeute, elle découvre que l'on se trompe complètement en ce qui concerne les femmes de la Bible. « Les textes n'étaient pas traduits de façon juste, il ne s'agissait que d'interprétations masculines. Si vous reprenez les parcours de Sarah, Rebecca, Ruth, Judith... on se rend compte que l'histoire en parle tout à fait autrement. »

Cela fait plus de cinquante ans maintenant qu'elle se dit plongée dans un émerveillement continuel, où la femme reprend sa vraie place, « absolument » l'égale de l'homme. Après le temps du *féminisme*, mouvement social dont Annick de Souzenelle note à la fois la nécessité historique et les limites, et après le temps d'une *féminité* artificielle exploitée par la publicité, l'heure est venue selon elle d'explorer désormais le sens véritable du *féminin*.

« Il s'agit de rendre à la femme sa vraie place, qui est noble, qui est grande, qui est superbe. L'harmonie ne peut se faire que dans l'amour, c'est dans l'amour que l'on découvre que les textes vous parlent, les relations les uns avec les autres et on n'est plus l'homme ou la femme l'un contre l'autre mais la femme et l'homme l'un AVEC l'autre dans des fonctions différentes, des qualités différentes. Pour faire un enfant à la "verticale" : quelque chose de totalement nouveau, une humanité nouvelle, où l'on sortirait d'une logique binaire pour créer une logique ternaire, et je pense que la femme a ici un rôle magnifique à jouer avec énormément de délicatesse, en voulant rester à sa place. Il ne s'agit pas de prendre celle de l'homme, mais d'apporter une sensibilité nouvelle, qui prendra en compte toutes les formes de spiritualités, d'humanités, à travers l'étude de toutes les traditions pour aller vers l'unité qui les recouvre. » Car selon la bibliste, la femme est celle qui va apporter l'âme d'une nouvelle civilisation qui va non plus vers l'horizontalisation (dans des luttes, des rapports de force qui sont en train de tout détruire), mais vers la verticalisation. « Tout ce mouvement est celui d'un retournement vers soi, c'est-à-dire vers le pôle féminin de chacun. C'est pourquoi nous vivons une époque intéressante : d'une part, celle d'une redécouverte de l'inconscient de ce féminin de l'être, d'autre part, celle d'une promotion de la femme. Ces deux dimensions relèvent du même archétype : une grande féminisation de la croyance. »

Dans son ouvrage *La Sainte Folie du couple*[71], la psychologue Paule Salomon résume parfaitement l'enjeu :

« Pour la 1re fois dans l'humanité, on cherche la complétude personnelle autant qu'on cherche l'autre. Cela permet d'arriver dans le territoire de l'amour, alors qu'avant on ne faisait qu'imiter la trop grande puissance de la déesse mère. Il ne s'agit pas de communiquer nos moins mais aussi le positif. La femme et l'homme désignent la coupe et l'épée, c'est un

71. **Paule Salomon**, *La Sainte Folie du couple*, Albin Michel.

échange fécondant, la femme intègre le masculin de l'existence à travers l'épée et inversement. Il s'agit de croiser "l'actif et le réceptif" (la dimension de contemplation et de jouissance) pour tempérer la dimension de l'actif. »

Être créatif revient à marier son masculin et son féminin. Dans le couple, l'enjeu pour les femmes est de nourrir leur masculin des qualités de l'homme. La femme nouvelle est celle qui a développé son animus, son masculin intérieur.

Selon Paule Salomon toujours : « L'amour romantique est un amour du complémentaire, qui se nourrit de la différence, menacé et menaçant. Il s'établit dans le manque, l'attention et le désir : "je te désire et je te dévore".

Mon amour dans le double qui me ressemble tout en étant différent, le solaire et le lunaire renvoient au respect homme/femme.

Il ne s'agit pas seulement d'échanger des "je t'aime" mais aussi "je m'aime donc j'existe, je suis amour, je fais partie de l'amour". C'est quelque chose de vaste, la source. C'est une pratique verticalisée : ciel cœur tête sexe.

Il s'agit de donner du pouvoir l'un à l'autre, comme l'explique "Le Cantique des cantiques" cette transformation de la façon d'aimer : "viens... et va vers toi". C'est un mouvement d'entrée et de sortie essentiel. »

Le dernier stade de la rencontre est celui du couple éveillé dans la rencontre des corps et des âmes, qui demande une élévation des centres d'énergie : c'est tout un art de rester indépendant tout en étant uni à l'autre ! Il faut savoir que plus on s'approche de la lumière, plus on rencontre son ombre.

C'est la découverte vécue du bonheur d'une vraie amitié, d'où le désir qui n'est pas exclu... Être amis et amants (comme Isis et Osiris), une façon de faire deux en faisant quatre, permet d'intégrer la solidarité. Cela correspond à un envol des consciences, on est des acteurs d'une spirale qui conduit au centre de l'être, le soi que l'on retrouve dans toutes les traditions et qui est complémentaire du moi.

Il n'y a d'ailleurs pas d'autre façon que de se recentrer plusieurs jours pour revenir à soi. Nous avons tous le besoin d'être « verticalisés ». « Si je respire et que je reviens à toi plusieurs fois par jour, je récupère ma beauté intérieure. » Il s'agit de retrouver la joie de Spinoza, la joie du cœur. Et pour soigner nos blessures collectives, quel meilleur moyen que la respiration, au-delà des mots, la prière, la vibration, il s'agit d'être ensemble suspendu à un essentiel. Aller jusqu'au bout de soi-même quel qu'en soit le prix, et la dignité devient plus forte. L'amour est la revendication première car le sexe est porteur d'amour et l'amour porteur de la réalisation intérieure. Ils sont médiateurs l'un de l'autre dans la quête de l'être. Nous recherchons l'infini dans l'amour, et c'est la porte de l'infini qui s'ouvre.

Les femmes cherchent un homme à admirer. Rien ne mobilise autant l'amour chez une femme que l'admiration. Parce qu'elles cherchent Dieu à travers l'homme. Quel est alors le rôle des femmes dans cette odyssée ? L'intégration de la part féminine réceptive prend bien des visages positifs, mais aussi négatifs. Les nouvelles « techniques » ne remplaceront jamais la délicatesse intérieure (du tao et du tantra par exemple). C'est aussi le passage de l'homme lunaire au solaire, d'Isis et Osiris. Nous sommes toutes des Isis en puissance, à essayer de réparer cette civilisation abîmée. Cette spirale ramène au cœur, si on pratique plusieurs fois dans la journée, on deviendra amoureuse de cette dimension. Le mariage intérieur change la rencontre. Le couple solaire et lunaire est notre responsabilité, notre horizon et notre chance.

CONCLUSION

Sept ans après #MeToo, alors que le procès des viols de Mazan sidère le pays, et que la société est secouée dans son ensemble, il y a encore du boulot : huit Français sur dix reconnaissent qu'il est difficile de savoir comment se comporter avec les femmes. Pourquoi ne pas se saisir de l'effarement du procès des bourreaux de Gisèle Pélicot pour faire évoluer la législation sur le consentement ? Car les réflexes archaïques persistent, et il reste beaucoup à faire en matière d'éducation sexuelle et affective auprès des plus jeunes (et des plus vieux d'ailleurs), quand on sait qu'un enfant sur trois a vu des images pornographiques avant l'âge de 12 ans (deux sur trois avant 15 ans). Quant aux adultes, 70 % en consomment, dont 25 % au moins une fois par semaine. Cette industrie pornographique et cette tyrannie du sexe qu'elle engendre impactent considérablement la santé mentale, sociale, sexuelle et affective de générations entières. Alors, comment sortir de cette spirale néfaste pour rétablir le désir et l'érotisme ? Reconstruire la capacité à aimer. Voici quelques pistes : prendre le temps de comprendre vos propres désirs et besoins en vous détachant des attentes extérieures, pour mener à une meilleure acceptation de soi. Cela passe par la guérison de l'esprit, et il existe différentes pistes comme la reconnexion à la nature, à son corps, mais aussi avant tout donner du sens à sa vie. Comment ? En nourrissant à la fois intellectuellement et spirituellement votre intelligence et votre âme (n'oubliez pas que « la nature a horreur du vide », comme nous le rappelle Aristote). Pour évacuer cette obsession malsaine du sexe dans notre vie, il faut se remplir de lectures, d'échanges pour nourrir votre cerveau notamment des choses du sexe et de l'amour, car la curiosité sexuelle est saine (il ne s'agit pas, bien sûr, de rayer de sa vie tout ce qui pourrait enrichir votre désir de sensualité).

Autre aspect central dans votre quête de liberté intérieure : la spiritualité. Cette quête de sens peut passer par des rencontres, des lectures, la découverte de certaines philosophies… et nul besoin de religion : nombreuses sont les spiritualités sans la foi en un Dieu. La méditation, par exemple, peut constituer une alliée utile pour aider à se détacher des pensées obsessionnelles liées à la sexualité : en régulant le flux de vos pensées, elle permet d'apaiser vos tempêtes émotionnelles pour retrouver le calme à l'intérieur de vous. Une forme de méditation peut particulièrement vous aider : celle de la pleine conscience (ramener systématiquement son attention à l'instant présent, à l'ici et maintenant). « Elle permet de réparer la déconnexion qui s'est opérée entre votre tête, votre cœur, et votre corps la première fois que vous avez été exposé à des images pornographiques », selon la sexologue Thérèse Hargot. Sortir de la tyrannie de la sexualité implique une réflexion personnelle et une approche équilibrée, souvent un processus de réévaluation de nos croyances, de nos désirs et de notre rapport au corps... Explorer d'autres formes d'intimité permet d'investir du temps dans des relations émotionnelles et affectives sans nécessairement passer par la sexualité. En adoptant une approche plus sereine et réfléchie, il est plus facile de trouver un équilibre qui convient mieux.

Certes, il reste encore du chemin, mais de nouveaux codes de séduction sont apparus pour laisser la place à plus de liberté, d'égalité et de sensualité. Les lignes bougent : si 35 % des hommes affirment qu'ils ont changé leur façon de séduire, les femmes jouent également un rôle beaucoup plus actif dans les rapports de séduction, en sortant des schémas traditionnels qui prêchaient une certaine passivité. Elles s'engagent à exprimer plus clairement leurs désirs et leurs limites que ce soit en matière de séduction comme de sexualité. Alors rupture anthropologique sur le long terme ou véritable révolution en cours ? Si les combats féministes actuels (orientés autour du corps et de la sexualité) marquent, certes, une nouvelle étape pour l'égalité entre les sexes, une chose est sûre : il faut qu'elle soit aussi portée en conscience par les hommes afin que ce travail de lucidité soit mis en œuvre ENSEMBLE.

BIBLIOGRAPHIE

Éliette Abecassis, *De l'âme sœur à Tinder*, Larousse, 2022.

Laure Adler, *Dictionnaire intime des femmes*, Stock, 2017.

Anne Akrich, *Le Sexe des femmes. Fragments d'un discours belliqueux*, Gallimard, 2022.

Jacob Azeroual, *Couple. Les clefs pour le réussir*, Guy Tredaniel éditeur, 2016.

Sarah Barmak, *Jouir. En quête de l'orgasme féminin*, Pocket, 2016.

Pierre Bessand-Massenet, *Femmes sous la Révolution*, Éditions de Fallois, 2005.

Élisa Brune, *La Révolution du plaisir féminin. Sexualité et orgasme*, Odile Jacob, 2012.

Candace Bushnell, *No Sex in the City*, Le Livre de Poche, 2019.

Madeleine Chapsal, *Le Corps des femmes*, Fayard, 2014.

Stéphane Clerget, *Hypersensibles, hyperamoureux. Comment aimer sereinement quand les émotions sont exacerbées*, Poche, La Musardine, 2023.

Sophie Dancourt, *Vieille, c'est à quelle heure ?!*, Leduc, 2022.

Jared Diamond, *Pourquoi l'amour est un plaisir*, Folio Essais, 2010.

Diane Ducret, *La Chair interdite*, Albin Michel, 2016.

Catherine Dupont, *Renoncer à la dépendance affective*, Josette Lyon, 2014.

Judith Duportail, *L'Amour sous algorithme*, Le Livre de Poche, 2020.

Romain Enriquez et Camille Koskas, *Écrits érotiques des femmes. Une nouvelle histoire du désir*, « Bouquins ».

Lucia Etxebarria, *Je ne souffrirai plus par amour*, Éditions Héloïse d'Ormesson, 2005.

Geneviève Fraisse, *Féminisme et philosophie*, Folio, 2020.

Thérèse Hargot, *Tout le monde en regarde (ou presque)*, Albin Michel, 2024.

Darian Leader, *Qu'est-ce que cache le sexe ?*, Albin Michel, 2024.

Christophe Massin, *Souffrir ou aimer. Transformer l'émotion*, Odile Jacob, 2013.

Patrice Mouyon, *Les 4 Piliers de l'amour*, Éditions du Rocher, 2024.

Lila Rhiyourhi, *L'Amour, une aventure spirituelle*, Leduc, 2024.

Hélène Roubeix, *Sortir de la dépendance amoureuse*, Éditions Eyrolles, 2022.

Claire de Saint Lager, *La Voie de l'amoureuse*, Artège, 2017.

Paule Salomon, *Bienheureuse Infidélité*, Albin Michel, 2003.

Paule Salomon, *La Sainte Folie du couple*, Le Livre de Poche, 1994.

Miriam Stein, *Bouffées de chaleur. Briser le tabou de la ménopause*, Zones, 2022.

Marie-Claude Treglia, *Fini l'amour ? Enquête auprès de celles et ceux qui y croient encore !*, Le Courrier du Livre, 2022.

Victoire Tuaillon, *Le Cœur sur la table*, Points, 2021.

Malvine Zalcberg, *Qu'est-ce qu'une fille attend de sa mère ?*, Odile Jacob, 2010.

REMERCIEMENTS

Un grand merci à Guy et Claudia Trédaniel pour leur confiance et leur bienveillance.

Merci également à Marc de Smedt, Marie Pichon et Matthias Rezkallah, qui ont suivi l'écriture de ce livre avec attention et écoute.

Merci à toutes ces femmes qui m'inspirent au quotidien, Virginie, Chriss, Marie-Laure, Sarah, Christine, Karine, Raphaële, Amandine, ainsi que ma fille chérie Philomène.

Merci enfin à mes ex-amoureux souvent restés des amis proches, qui m'ont accompagnée sur ce chemin si riche de l'Amour.

Composition et mise en pages
Nord Compo à Villeneuve-d'Ascq

Achevé d'imprimer en décembre 2024
sur les presses de la Nouvelle Imprimerie Laballery
58500 Clamecy
Dépôt légal : janvier 2025
N° d'impression : 412542

Imprimé en France